축구와 종말에 관한 조용한 이야기 　켄

오수완 장편소설

켄
—축구와 종말에 관한 조용한 이야기

펴낸날 2022년 12월 15일

지은이 오수완
펴낸이 이광호
주간 이근혜
편집 방원경 김필균 이주이 허단 윤소진 유하은
마케팅 이가은 허황 이지현 맹정현
제작 강병석
펴낸곳 ㈜문학과지성사
등록번호 제1993-000098호
주소 04034 서울 마포구 잔다리로7길 18(서교동 377-20)
전화 02)338-7224
팩스 02)323-4180(편집) 02)338-7221(영업)
대표메일 moonji@moonji.com
저작권 문의 copyright@moonji.com
홈페이지 www.moonji.com

ⓒ 오수완, 2022. Printed in Seoul, Korea

ISBN 978-89-320-4107-0 03810

축구와 종말에 관한 조용한 이야기

켄

오수완 장편소설

문학과지성사

차례

프롤로그: 마지막 밤   9

1부 —————————————————————

허무가 찾아온 날   15
그날들의 처음   18
허무 속에서   23
처음으로 꾼 꿈   28
길을 떠나다   32

2부 —————————————————————

마을에 들어서면   39
축구의 부재   42
폐차장   46
진흙탕 도시   50
이반은 숲으로 들어갔다   54
멈추지 않는 욕   58
포지션의 행복   62
죽어가는 사람은 그 일을 결코 잊을 수 없었다   67
폭력의 카르마는 0에 수렴한다   71
악마는 켄을 시험했다   74
박사의 진실   79
조지 릭스비에게 공이 돌아왔다   83
두 바보 이야기   88
축구공의 장인   94

공간 속으로 99

각하와 경찰관 104

세계의 끝에서 불빛이 빛났다 111

아버지와 악마 120

세 번의 기적 125

불의 사나이 129

긴 바지 자매 136

프란츠는 삶의 의미를 깨달았다 143

로미에타와 홀리오 150

형제 160

폭풍 속의 악령 164

3부 ─────────────────

뿌리는 친구들에게 돌아왔다 175

들판에서 177

축구의 천국 184

축구란 무엇인가 190

세계의 끝 200

그는 세계를 한 바퀴 돌아 집에 돌아왔다 206

에필로그: 완벽한 저녁 216

작가의 말 220

언젠가 축구의 천국에서 다시 만날

민수, 현득, 우완에게

프롤로그: 마지막 밤

켄은 자신의 삶의 마지막 밤에 오래전 어느 날 밤의 일을 문득 떠올렸다.

그때 그는 술에 조금 취해서 패밀리 레스토랑에 앉아 있었다. 일행은 없었다. 작가들의 파티에 참석했다가 집에 돌아가는 길에 커피를 마시며 술을 깨려고 들른 것이었다. 혼자 살 때라 어차피 집에 가봐야 기다리는 사람도 없었다.

새벽이라 식당에는 사람이 별로 없었는데 다른 테이블에 앉아 있던 두 사람이 눈길을 끌었다. 머리 모양이나 옷차림으로 보아 켄처럼 어딘가의 파티에 갔다가 집으로 돌아가는 길에 간단하게 배를 채우러 온 사람들 같았다. 켄은 그 테이블로 가서 괜찮으면 잠깐 같이 앉아도 되겠느냐고 물었다. 그들은 조금도 망설이지 않고 그러라고 했다.

둘 중 한 사람은 흰 정장에 피부가 대리석처럼 희었고 다른 한 사람은 그와 대조적으로 검은 정장에 긴 흑발이었다. 켄이 잘못 본 게 아니라면 그들의 눈동자는 각각 황금색과 루비색이었다. 둘 다 잘생긴 얼굴이었는데 어딘가 닮아 보였다. 켄은 두 사람이 형제 아니면 사촌인데 파티를 위해 각각 천사와 악마로 분장한 거라고 생각했다. 게다가 흰옷을 입은 사람은 등에 날개를, 검은 옷을 입은 사람은 이마에 뿔 같은 것을 달고 있었다. 자기들이 뭘로 보이느냐고 묻길래 켄은 천사와 악마가 아니냐고 대답했고 그들은 맞다고 했다. 하지만 어느 쪽이 천사이고 어느 쪽이 악마인지 모르겠다고 하자 그들은 웃었다.

무슨 이야기를 나누고 있었는지 묻자 그들은 인류의 미래와 종말에 대해 이야기하고 있었다고 했다. 아마 파티에서 했던 이야기를 계속하는 모양이었다. 그들은 켄에게 종말이 오면 무얼 할 거냐고 물었다. 그래서 켄은 어떤 종말을 말하는 거냐고 되물었다. 핵폭탄? 전염병? 셧다운? 기후변화? 대기근? 아니면 성경에 나오는 대로 하늘에서 떨어지는 불벼락이나 대홍수? 그랬더니 그들은 앞으로 찾아올 종말은 그런 게 아니라고 했다. 그러면? 그들은 종말은 텅 빈 모습으로 찾아올 거라고 말했다.

켄이 제대로 이해하지 못한 것처럼 보였는지 그들은 거기에 대해 조금 더 말해줬다. 그 세상에서 곡식의 이삭은 비어 있고 과일은 단맛을 잃고 곤충들은 길을 잃고 동물의 새끼들은 뭔가가 없는 채로 태어날 것이다. 사람들은 아무도 진심으로 웃을 수 없고 맛을 느낄 수도 없고 아름다움을 알아보지도 못하게 될 것이다. 색은 사라지고 음악은 소음으로 들리고 미술 작품은 기괴한 장식으로 보이며 가치 있었던 모든 것이 빛을 잃게 될 것이다. 학교도 직장도 문을 닫고 버스와 기차는 더 이상 오지 않을 것이다. 무엇보다 사람들은 인생의 의미를 잃게 될 것이다.

왜 그런 일이 벌어지느냐고 켄이 묻자 그들은 거기에는 아무런 이유도 없을 거라고 했다. 만약 세상에 기쁨과 아름다움과 행복을 주는 어떤 존재가 있고 그 존재가 거기에 있어야 할 이유가 없는데도 거기에 있는 거라면 어느 날 자신이 존재할 이유가 없다는 걸 깨닫는 데도 마찬가지로 아무런 이유가 없어도 되지 않느냐는 것이었다. 사람들은 그런 존재가 있다는 건 느끼지 못하겠지만 그 존재가 사라지는 것은, 또 그 뒤의 부재와 공백은 분명하게 느낄 수 있을 거라고 했다. 그들은 그것을 허무라고 불렀다.

켄이 생각하기에 그건 다른 종말보다 더 끔찍한 일은 아닌 것 같았다. 그래서 켄은 그런 세상이 오더라도 자기는 여전히 지금처럼 살아갈 거라고 대답했다. 그러니까 지금처럼, 글을 써서 출판사에 투고하고 파티에 가서 사람들과 떠들고 일주일에 한 번은 축구를 할 거라고. 그러자 그들은 정말로 그런 세상이 오면 가족을 잃고 사랑하는 사람을 잃고 삶의 의미를 잃은 사람들이 함께 모여 뭔가를 하려 들지 않을 것이기 때문에 파티나 축구 같은 건 없을 거라고 말했다. 켄은 그래도 자신은 글은 쓸 수 있을 것이고 또 아무리 그래도 사람들이 축구를 안 하진 않을 거라고 대답했다. 그들은 켄이 허무에 잠긴 세상에서 자신이 말한 대로 해나갈 수 있는지를 두고 내기를 했다. 내기에서 지면 영혼을 가져가는 거냐고 켄이 묻자 악마는 만약 내기에 지면 그때는 가져갈 영혼도 남아 있지 않을 거라고 했다. 그럼 내기에서 이기면 천국에 가게 되는 거냐고 묻자 천사는 그건 자기 소관이 아니라고 했다. 그래도 둘은 만약 켄이 내기에서 이기면 소원을 하나 들어주겠다고 했다. 그리고 고맙게도 켄에게 뭔가 선물을 하나씩 주겠다고 했다. 선물을 주는 건 내기를 공정하게 하기 위해서인데 그 선물이 뭔지는 나중에 알게 될 거라고 했다. 선물이 제대로 오려면 주소가 필요하지 않느냐고 묻자 그들은 그런 건 필요 없다고 했다.

그들은 커피를 한 잔씩 더 마시며 다른 얘기를 조금 더 하다가 헤어졌다. 그 뒤로도 꽤 오래 파티를 쫓아다녔지만 켄은 그 둘을 다시는 만나지 못했다. 그리고 그 일을 잊었다.

1부

허무가 찾아온 날

허무가 찾아온 건 그로부터 한참 뒤였다.

그날은 화요일이었고 때는 오후였다. 켄은 식탁에 랩톱을 올려놓고 글을 쓰는 중이었고 맞은편에는 에이미가 앉아 있었다. 에이미는 자기 할 일을 하고는 있었지만 사실은 자꾸 말을 걸어서 켄이 글을 쓰는 걸 방해하고 싶어 하는 것 같았다. 그때도 에이미는 어떤 노래를 흥얼거리며 자기 노래 솜씨가 어떤지, 그 노래의 가사에 대해 어떻게 생각하는지 자꾸만 물었다. 그건 집중해서 글을 쓰는 데는 조금 방해되는 일이었지만 수학 숙제를 하기 싫어하는 아홉 살에게는 아주 어울리는 일이었다.

나중에 사람들은 허무에 아무런 실체가 없어서 볼 수도 만질 수도 없다고 말했지만 켄은 자신이 그것의 모습을 봤다고 생각했다. 그것은 거인의 투명한 손가락이나 냉기로 만들어진 젤리처럼 보였다. 허무는 켄의 시야 밖 어딘가로부터 슬며시 들어와서는 에이미를 향해 뻗어가더니 그대로 그 애의 작은 몸을 관통해 빠져나갔다. 그것은 그림자가 시간에 따라 이동하는 것처럼 느리고 부드럽게 움직였는데 다만 에이미의 몸속을 지나갔다는 것만 달랐다. 켄은 아무것도 하지 못하고 그저 맞은편에 앉은 에이미의 얼굴에서 표정이 빠져나가는 것을 바라보고 있었다. 켄이 꼼짝도 하지 못한 것은 놀라서이기도 했지만 그 순간 같은 것이 그에게도 덮쳐 왔기 때문이었다. 에이미의 얼굴은 차갑게 식어갔다. 방금 전까지만 해도 좋아하는 가수의 노래를 흥얼거리던 아홉 살 소녀가 이제는 암 선고를 받은 여든 살 노인처럼 보였다. 잠시 뒤 감정이 사라진 에이미의 눈에서 눈물이 흘러내렸다. 켄은 에이미가 그렇게 우는 걸 한 번도 본 적이 없었다. 그때 그가 할 수 있는 것이라고는 울고 있는 에이미를 쳐다보는 것뿐이었다. 손을 잡을 수도 없었고 괜찮다고 달래주거나 안아줄 수도 없었다. 따뜻한 코코아를 타줄 수도 없었다. 그 순간 그는 자기가 아무것도 할 수 없으며 설령 뭔가를 하더라도 아무 소용이 없다고 생각했다. 그 믿음은 그가 지금껏 살아오면서 품어왔던 그 어떤 생각보다도 강했다. 그렇게 세상은 끝났다.

에이미는 3주 뒤에 죽었다. 그 일은 켄이 식료품점에 다녀

오는 사이에 일어났다. 그때는 그런 일이 많았기 때문에 시체 안치소도, 장의사도 이용할 수 없었다. 관도 없었다. 장의사는 켄에게 묘비와 삽을 주며 산 중턱의 어떤 길을 가르쳐줬다. 차에 에이미의 시체를 태우고 알려준 장소에 가보니 새로 세운 몇 개의 묘비가 있었다. 깊게 파놓은 구멍 하나에는 두 사람이 누워 있었는데 그중 한 사람은 아직 눈을 뜨고 있었다. 켄은 조금 떨어진 곳에 새로 구멍을 팠다. 구멍을 깊이 파는 데는 시간이 오래 걸렸다. 켄은 그곳에서 에이미와 함께 밤을 보냈다.

데비는 며칠 뒤에 연락도 없이 찾아와서 에이미는 어디 있느냐고 물었다. 죽었다고 말하자 데비는 잠시 그대로 있다가 네가 그 애를 죽였어, 라고 말하고는 돌아갔다.

그날들의 처음

처음에 사람들은 그것이 바이러스나 우주에서 온 방사선, 외계인이나 적국의 공격이라고 생각했다. 지구의 복수, 신의 징벌이나 악령의 저주라고 하는 이들도 있었다. 그게 무엇이든 사람들은 자신과 이웃이 그것에 물들었다는 것과 그것 때문에 지금까지 지켜온 모든 것이 무너지고 삶이 산산히 파괴됐다는 것을 알았다. 그리고 이제 자신은 더 이상 과거와 같은 사람이 아니며 앞으로 기쁨과 행복은 없으리라는 것도 알았다.

사람들은 뉴스에 귀를 기울이고 정부의 공식 발표를 기다렸다. 정부의 관리나 과학자들이라면 혹은 제약 회사의 연구원들이라면 이 병에 대해 뭔가 알고 있을 거라고 생각해서였다. 아니면 적어도 어떤 식으로 행동하는 게 좋을지라도 알려줄 것 같아서였다. 그들은 당연히 그렇게 해야 했다. 하지만 들려오는 거라고는 어딘가에서 일어난 전쟁이나 소요, 주식 시장의 폭락, 유조선의 좌초, 공장의 폐업 같은 소식들뿐, 이 일이 왜 일어났고 언제쯤 끝나는지에 대해서는 아무런 이야기가 없었다. 하긴 누가 그걸 알 수 있었겠는가. 그리고 그걸 알아봐야 무슨 소용이 있었겠는가.

사회는 빠르게 무너졌다. 아이들은 학교에 가지 않았고 어른들은 일하러 가지 않았다. 버스도 다니지 않고 우유도 배달되지 않았다. 누군가 뭔가를 훔쳐 가도 경찰이 오지 않았고 다치거나 아파서 병원에 가도 의사를 만날 수 없었다. 생필품을 구하려면 마트 앞에서 대여섯 시간 줄을 서야 했고 그나마도 휴지와 시리얼 두어 상자 말고는 더 살 수 있는 것이 없는 날도 있었다. 가끔은 기름을 사러 낯선 곳을 떠돌아 다녀야 하기도 했다. 난방과 전기와 물이 끊기는 날이 며칠씩 이어지기도 했다. 노인과 아이 들, 몸이 아픈 사람들, 가난한 사람들, 집이 없는 사람들, 저금과 수입이 없는 사람들이 더 먼저, 더 큰 어려움을 겪었다. 시간이 지나자 사정은 좀 나아졌지만 결코 원래대로 돌아가지는 못했다.

가장 혼란스러웠던 때에는 한데 모여 거리를 행진하는 사람들도 있었다. 그들은 소리도 지르지 않고 그저 몇 시간 동안 천천히 거리를 걷다가 뿔뿔이 흩어졌다. 그러는 게 꼭 뭔가를 이루기 위해서는 아니었다. 그저 이게 어떻게 된 일인지 알기 위해서 집 밖으로 나갔다가 거기서 다른 사람들과 합류해 조금 더 넓은 곳으로, 조금 더 많은 사람이 있는 곳으로 간 것뿐이었다. 그런 무리 중에는 순간적으로 화가 치밀어 올랐는지 뭔가를 부수거나 뺏거나 불태우는 사람도 있었다. 나머지 사람들은 그들이 그러는 걸 그저 멍하니 구경했다. 그리고 불이 꺼진 뒤에는 더 큰 허무가 몰려왔다. 시간이 지나자 그렇게 뭔가를 부수거나 불태우거나 뺏는 사람들의 숫자가 줄어들었고 나중에는 사라졌다.

어떤 사람들은 아무것도 하지 않고 그저 가만히 있기만 했다. 누구도 그들을 침대나 의자 혹은 길바닥에서 일어나 다시 움직이게 할 수 없었다. 그들은 허무에 완전히 사로잡힌 사람들이었다. 그들은 자신에게 스며든 허무가 어디 가지 못하도록 붙잡아두려는 것 같았다. 자신이 사라지면 허무도 함께 사라질 거라고 믿으면서. 그들에게 모든 게 편안해지는 순간이 찾아오는 데는 며칠이 걸렸다.

또 어떤 사람들은 다른 방식으로 이 삶을 떠났다. 누구도 그걸 말리거나 막을 수 없었다. 그들은 집에서 혹은 아무도 보지 않는 곳에서 그렇게 했다. 아니면 많은 사람이 볼 수 있는 곳에서 그렇게 했다. 그들은 누가 자신을 보든 말든 상관없었다. 그들에게는 허무가 전부였다.

또 어떤 사람들은 자신의 허무와 함께 길을 떠났다. 그들은 계획도 준비도 없이 집을 나서서 걷기 시작했다. 누군가 물어보면 그들은 한결같이 세계의 끝을 향해 걷는다고 대답했다. 그들은 그게 어디인지도 모르면서 계속 걸었고 길 위에서, 거리의 모퉁이에서, 사막 한가운데서, 호숫가나 숲속에서 쓰러졌다. 그리고 일어나지 못하고 그 자리에서 천천히 썩어갔다. 세계의 끝에서 돌아온 사람이 없었으므로 누군가 거기에 도착한 적이 있는지도 알 수 없었다.

어떤 사람들은 선한 사람이 먼저 죽는다고 했고 또 어떤 사람들은 악한 사람들이 먼저 죽는다고 했다. 어떤 사람들은 약한 사람이 먼저 무너진다고 했고 또 어떤 사람들은 강한 사람이 먼저 부러진다고 했다. 그러나 허무는 그런 것으로 사람을 차별하지 않았다. 처음에 정부는 사망자가 조금 있다고 했고 몇 달 뒤에는 인구 감소가 있다고 했다. 1년 뒤에는 출생자 감소와 사망자 증가로 인구 감소 폭이 조금 늘었다고 했다. 그 뒤로는 인구에 대해서 발표하지 않았다. 그러나 거리 곳곳에 빈집이 늘어나는 건 사실이었다.

켄이 생각하기에 그날들이 지난 뒤에도 살아남은 건 느리고 둔한 사람들뿐이었다. 너무나도 느려 자신에게 어떤 일이 일어났는지 알아차리지 못한 사람들. 어떻게 해야 할지 모르겠다는 이유만으로 이전의 삶의 방식을 계속한 사람들. 그들은 전에 하던 대로 정해진 시간에 일어나서 커피를 마시고, 차에 올라서 시동을 켜고, 직장에 나가 전등을 켜고, 컴퓨터를 켜고, 기계의 스위치를 올리고, 물건을 상자에 담고, 서류에 사인하고, 음식을 먹은 뒤 그릇을 썼고, 식료품점에서 물건을 사고, 옷을 빨거나 정리하고, 개를 산책시키고, 집 안을 청소하고, 티브이를 봤다. 그러는 동안 어떤 즐거움이나 기쁨을 느끼지 못하면서도, 그 삶에 지켜야 할 거라고는 더 이상 아무것도 남지 않았는데도 그렇게 했다. 그런 사람들 덕분에 버스와 기차가 다니고 수도가 나오고 전기가 들어오고 쓰레기가 치워졌다. 가끔은 아무 예고 없이 그런 일이 멈추기도 했지만.

켄은 자기도 그렇게 둔하고 멍청한 사람이라고 생각했다. 그래서 그도 이전의 삶을 계속했다. 자신이 집을 비운 동안 하나뿐인 딸이 죽었는데도, 느껴지는 거라고는 죄책감과 당혹감, 외로움뿐인데도 그렇게 했다.

허무 속에서

켄은 아침에 일어나면 주방에서 간단히 먹을 걸 만들어서 서재에 갔다. 서재에서 나오는 건 점심 무렵이었다. 오후에는 밖에 나가 조깅과 산책을 하다가 저녁이 되기 전에 돌아왔다. 밤에는 뉴스를 조금 보다가 잠들었다. 그리고 다음 날이면 똑같은 하루를 보냈다. 일주일에 한 번은 달리기를 하는 대신 차를 몰고 나가 마트나 중고 시장에 가서 필요한 것들을 샀다. 중고 시장에서 산 옷과 신발에서는 늘 누군가의 냄새가 희미하게 났다. 어쩌면 그 사람은 이제 이 세계에 없을지도 모른다고 켄은 생각했다.

출판사는 매달 조금씩 돈을 보내줬다. 그 돈으로는 생필품을 사기에도 빠듯했지만 달리 사야 할 것도 없었다. 출판사가 돈을 보내주는 건 그의 책이 조금씩이나마 팔리기 때문인지도 몰랐다. 어쩌면 사람들은 그저 잠깐이라도 허무를 잊기 위해

책을 읽으려 하는 건지도, 아니면 책 안에서 무엇이든 해답을 찾기를, 이를테면 허무가 어디서 왔는지를 알아낼 만한 단서나 허무를 벗어날 수 있는 방법 따위를 찾아내기를 바라는 건지도 몰랐다.

그러나 그 책들이 아무 도움이 되지 않는다는 걸 켄은 알고 있었다. 허무가 그동안 인류가 쌓아 올린 모든 것을 무너뜨리는 데는 단 한 순간이면 충분하지 않았던가. 허무는 지구에서 가장 강한 사람, 가장 지위가 높은 사람, 가장 고결한 사람, 가장 아름다운 사람, 가장 부유한 사람을 쓰러뜨렸다. 허무는 가장 아름다운 음악을 소음으로, 가장 훌륭한 조각품을 돌덩이나 쇳덩이로, 가장 심오한 철학을 헛소리로, 가장 멀리 나아간 과학을 서툰 장난으로 만들어버렸다. 인류가 해온 모든 것이 아무것도 아니었고 인류 또한 아무것도 아니었다. 그러니 켄이 쓴 조잡하고 볼품없는 이야기들은 말해 무엇 하겠는가.

켄이 마지막으로 뭔가를 쓴 건 허무가 찾아온 날이었다. 그때 그는 소설의 마지막 장을 쓰느라 에이미의 말에 제대로 대답을 하지 못했다. 그날 썼던 부분을 이어서 쓰려고 시도해봤지만 떠오르는 게 없었다. 이야기의 결말을 분명히 알고 있는데도 그랬다. 그 이야기는 이전 세상에 속해 있었으며 그런 이야기는 이 세상에서 더 이상 살아갈 수 없었다. 켄은 새로운 이야기를 쓰기 위해 새로운 창을 열었다. 그러나 새로운 이야기 역시 쓸 수 없었다. 이 세계에서 그가 쓸 이야기란 없었다.

텅 빈 화면을 보고 있노라면 그 너머에서 허무가 자신을 보고 있는 게 느껴졌다. 이 허무가 그날 세계를 덮친 그 허무와 같은 것인지, 새롭게 태어난 허무인지, 아니면 처음부터 그의 안에 있던 것인지는 알 수 없었다. 뭔가 쓰려고 생각을 기울일수록 허무는 점점 더 크고 강하고 가까워졌다. 켄은 단 한 단어도 쓸 수 없었다. 그는 텅 빈 모니터를 보며 작가들이 이런 일을 겪을 때 하는 이런저런 것들을, 그것이 소용없을 거라는 걸 알면서도 시도해보기도 했다.

가끔은 조금 더 일찍 산책을 나가거나 조금 더 빨리 달리기도 했다. 그러면 허무로부터 도망갈 수 있기라도 하다는 듯이. 그런 날은 집에 돌아와 샤워를 하고 나면 지쳐서 저녁을 먹는 도중에도 잠이 쏟아졌고 뉴스가 끝나기도 전에 잠들었다. 그러나 그렇게 일찍 잠이 든 날은 새벽에 문득 잠을 깼다. 몸을 일으키지 않은 채 다시 잠을 청해보려 해도 소용없었다. 정신은 맑아지지도, 흐려지지도 않았다. 그러면 어둠 속에서 시계 초침 소리와 벌레 소리를 들으며 아침이 오기를 기다리는 수밖에 없었다.

어쩌면 종교를 가졌다면, 기도를 할 줄 알았다면 좋지 않았을까 하는 생각이 들 때가 있었다. 세계를 구해달라거나, 에이미를 돌려달라거나, 잠이 오게 해달라거나, 모든 걸 잊게 해

달라거나…… 그러나 켄은 자신이 기도를 할 자격이 없는 사람이라고 생각했다. 기도가 도움이 될 리가 없다고 생각하기 때문에, 또 기도를 일종의 거래로 여기기 때문에 그랬다.

켄은 자신의 몸이 그 어느 때보다 건강하다는 걸 깨달았다. 술도 담배도 하지 않고 규칙적으로 식사와 운동을 하기 때문일 것이다. 이런 몸이라면 병 없이 오래 살 수 있을 것이다. 하지만 무엇을 위해? 글도 쓸 수 없고, 사랑하는 사람도 곁에 없는, 기쁨도 행복도 아름다움도 의미도 없는 세계에서.

켄은 어느 날 달리기를 하다 숲길에서 젊은 여자와 마주쳤다. 몇 미터 거리로 가까워졌을 때 켄은 달리기를 멈췄다. 여자도 걸음을 멈췄다. 한눈에 보기에도 운동이나 산책을 하러 나온 차림은 아니었다. 이 근처에 사는 사람도 아닌 것 같았다. 여자는 손에 가방을 하나 들고 있었는데 동그랗게 만 끈 뭉치가 튀어나와 있었다. 끈의 용도는 분명해 보였다. 둘은 마주 서서 잠시 가만히 서로를 쳐다봤다. 허무가 찾아온 날 이후로 켄은 누군가의 눈을 그렇게 똑바로 쳐다본 적이 없었다. 그래서 사람의 눈을 한 허무를 본 일도 없었다. 켄은 입을 열 수 없었다. 여자는 잠시 더 그대로 있다가 켄을 지나쳐 숲 쪽으로 걸어가기 시작했다. 켄은 그 자리에 조금 더 서 있다가 원래 달리던 길을 계속 달렸다.

그때 이후로 켄은 숲길을 달릴 때마다 그 여자를 생각했다.

여자와 마주친 곳을 지날 때마다 근육이 떨려왔다. 거기서 멈추면 여자가 그랬던 것처럼 자신도 깊은 숲으로 들어가서 다시 돌아오지 않을 수 있을 것 같았다. 허무는 켄에게 더 가까이 다가왔다. 어떤 날은 아침에 눈을 떴을 때 이대로 침대에 가만히 누워 있어도 되지 않을까 생각하기도 했다. 그러면 모니터 속의 허무에 자신을 고스란히 드러내는 일을 그만둘 수 있을 텐데. 누구도 찾아오지 않을 테니까 그에게 무슨 일이 일어났는지는 아마 시간이 한참 지나서야 알려질 것이다. 누군가, 이를테면 출판사에서 전화를 걸어올지도 모른다. 켄이 전화를 받지 않으면 그들도 무슨 일이 일어난 건지 어렵지 않게 짐작할 수 있을 것이다. 그 날은 다음 달일 수도 있고 다음 주나 혹은 당장 내일일 수도 있었다. 켄은 자신이 할 만큼 했다고 생각했다. 에이미가 없는 세상을 버틸 만큼 버텼다고. 이제 그만 허무에 굴복해도 좋을 것 같았다. 그러지 않을 이유가 없었다.

처음으로 꾼 꿈

어느 날 아침 켄은 잠에서 깼는데도 침대에서 일어나지 않고 있었다. 누워서 허무에 몸을 맡겨버린 건 아니었다. 그는 누운 채로 생각에 잠겨 있었다. 그가 생각하는 것은 방금 전까지 꾼 꿈이었다.

꿈속에서 켄은 누군가와 함께 있었다. 누구인지는 생각나지 않지만 켄이 아는 사람이었다. 둘은 잡담을 나누면서 다른 사람들이 오기를 기다리고 있었다. 그들이 있는 곳은 사방이 넓게 트인 야외였다. 안개가 끼어 있어서 주변이 흐릿해 보였다. 어쩌면 주위가 제대로 보이지 않아 안개가 꼈다고 생각한 것인지도 몰랐다. 꿈은 거기서 끝났다.

잠에서 깬 켄은 왜 자신이 그 꿈을 계속 생각하고 있는지 한참 생각해보다가 답을 찾았다. 그것은 허무가 찾아온 이후로 처음으로 꾼 꿈이었다. 켄은 꿈에 대해서 생각해봤지만 더 이상 떠오르는 건 없었다. 꿈속의 그가 누구인지도 생각나지 않았고 무슨 이야기를 했는지, 무엇을 기다리고 있었는지, 그들이 있던 곳이 어디였는지, 그곳에서 무엇을 하고 있었는지도 알 수 없었다. 그는 생각을 그만두고 자리에서 일어났다. 몸을 움직이는 사이 꿈에 대한 기억은 점점 흐려졌다. 그리고 나중에는 흐릿한 인상만 남게 됐다. 어딘가에서 어떤 사람과 함께 누군가를 기다리고 있었고 일어나야 할 어떤 일이 아직 남아 있다는 희미한 인상.

얼마쯤 뒤에 그는 또 꿈을 꾸었다. 처음과 비슷한 꿈이었는데 이번에는 사람들이 제법 많았다. 대부분 아는 사람이었지만 정확히 어떻게 아는 사람인지, 구체적으로 누구인지는 알 수 없었다. 그들은 모두 편안한 운동복 차림이었다. 안개도 많이 걷혀서 이제 그들이 어디에 있는지 알 수 있었다. 운동장 양쪽 끝에 축구 골대가 서 있는 것이 보였다. 운동복을 벗자 그 속에 입은 유니폼이 보였다. 켄도 같은 유니폼을 입고 있었다. 켄과 다른 사람들은 축구를 하러 와 있었다. 그들과 다른 옷을 입은 상대편이 저쪽에 모여 있었다. 이제 공만 있으면 축구를 할 수 있겠다고 생각했는데 어디선가 공이 툭 하고 떨어졌다. 꿈은 거기서 끝났다.

두번째 꿈을 꾼 날 켄은 허무가 찾아온 뒤의 삶을 되돌아봤다. 그는 많은 것을 잃고 많은 것을 생각하고 많은 것을 그리

워했다. 어떤 것은 보거나 생각하지 않으려 했고 어떤 것은 지키기 위해 애썼다. 그는 필요한 일들을 했고 필요하지 않을 것 같은 일들도 했다. 그러나 그 안에 축구에 관한 것은 하나도 없었다. 그는 세상에 축구라는 게 있었다는 사실도 까마득히 잊고 살았다. 허무 때문은 아니었다. 에이미가 태어나기 전, 데비와 결혼하기 한참 전부터 그랬다.

켄은 자신이 왜 축구 꿈을 꾸는지 의아했다. 왜 에이미나 데비에 대해서가 아니라, 혹은 떠들썩한 모임이나 맛있는 음식, 따뜻하고 부드러운 육체 따위에 대해서가 아니라 마지막으로 해본 게 언제인지도 제대로 생각나지 않는 축구에 대한 꿈을 꾸는지 궁금했다.

그는 뭔가 알아보기 위해 티브이 채널을 돌렸다. 축구 방송을 보다 보면 뭔가 떠오를지도 모른다는 생각에서였다. 그러나 축구 경기를 방송해주는 곳은 없었다.

그러다 다시 꿈을 꿨다.

세번째 꿈에서 켄은 운동장을 달리고 있었다. 이번에는 자신이 왜 달리고 있는지 분명히 알았다. 그의 앞에 공이 있었다. 그는 축구를 하고 있었던 것이다. 꿈속에서 켄의 움직임은 서툴렀다. 그는 날아오는 공을 놓치고 상대에게 공을 뺏기고 헛발질을 하기도 했다. 그런데 누군가 저 앞으로 공을 찼고 켄은 온 힘을 다해 달려서 그 공을 잡아냈다. 몸을 돌리고 보니 조금 멀리 떨어져 있는 골대의 구석이 훤하게 비어 있는 것처럼 보였다. 그리로 공을 차면 들어갈 것 같았다. 그는 힘껏 공을 찼다.

잠을 깼다. 새벽이었다. 다시 자려고 눈을 감자 그가 찬 공이 골대를 향해 날아가는 모습이 보였다. 그 모습은 켄이 눈을 뜨면 사라졌다가 눈을 감으면 다시 나타났다.

아침이 될 때까지 켄은 잠들지 못했다.

길을 떠나다

처음에는 허무 이후의 세계에도 스포츠가 있었다. 방송국에
서는 사람들의 흥미를 유발하기 위해 일부러 스포츠 중계를
더 많이 편성하기도 했다. 하지만 선수들의 공허한 표정과 맥
없는 몸짓을 감출 수는 없었다. 승부 같은 건 이제 아무런 의
미가 없다는 걸 선수들은 알고 있었고 그 사실을 굳이 숨기려
고 하지도 않았다. 경기를 하다 말고 한 선수가 경기장 한가운
데 주저앉으면 누군가 들어와서 그를 경기장 밖으로 데려나갔
다. 그런 일이 계속되다 더 이상 뛸 수 있는 선수가 없게 되면
경기도 중계도 중지됐다. 그러다 어느 날 스포츠 중계는 티브
이에서 사라졌다.

사람들은 허무의 세계에서 스포츠는 있을 곳이 없다는 것
을 깨달았다. 이기고 지는 것이, 남보다 조금 더 멀리, 빠르게,
높이 뛰는 것이 무슨 소용이란 말인가. 바구니나 구멍 안에 공

을 집어넣는 것이, 날아오는 공을 방망이로 때리는 것이, 상대를 거꾸러뜨리는 것이 무슨 소용이 있단 말인가. 왜 그래야 한단 말인가. 그래 봐야 달라지는 것도 없는데. 공은 다시 바구니 밑으로 빠져나오고, 멀리 날아간 공은 결국 돌아오고, 우리는 모두 언젠가는 허무에 의해 쓰러지게 돼 있는데. 세상에서 백 미터를 가장 빨리 달리는 사람도 허무보다는 빠를 수 없었고 가장 힘이 센 사람도 허무 앞에서는 주먹을 쥘 수조차 없었다. 허무를 이길 수 있는 사람은 아무도 없었다.

과거의 경기를 중계하는 일도 점차 사라졌다. 그 안에서 선수들은 자신의 앞에 무엇이 기다리고 있는지 모르는 채 허무를 향해 전속력으로 달려가거나 상대를 거칠게 밀어 넘어뜨리고 미쳐 발광하듯 소리 지르거나 이제는 세상에서 사라진 감정에 사로잡혀 다른 사람을 끌어안고 펄쩍펄쩍 뛰었다. 그들은 타인을 고통스럽게 만들기 위해 전력을 다하는 것처럼 보였고 그러기 위해 자신도 끝없이 고통에 빠지려는 것 같았다. 사람들의 눈에 그것은 이해할 수 없는, 파괴적인 무용이나 연기처럼 보일 따름이었다.

켄은 가까운 축구 경기장을 찾아가봤다. 축구 경기를 하는 사람을 찾을 수 있을지도 모른다는 생각에서였다. 경기장은 그날 이후로 줄곧 버려져 있었는지 텐트촌이 돼 있었다. 그마저도 사람은 없고 못 쓰게 된 텐트와 쓰레기 사이로 썩은 물이

홍건했다. 몇 군데 더 돌아다녀봤지만 어느 운동장이나 마찬가지였다. 켄은 마을 게시판이나 길거리에 벽보를 붙이고 신문에 함께 축구를 할 사람을 찾는 광고를 내보았다. 예상대로 아무도 연락해오지 않았다. 이 마을에서는 축구가 사라졌다.

그러나 켄은 축구에 대한 생각을 멈출 수 없었다. 그는 자신이 왜 축구 꿈을 꾸는지 알고 싶었다. 달리 해야 할 것도 생각할 것도 없었으므로, 가까운 사람들은 떠났고 이제 그에게는 더 이상 써야 할 것도 쓸 수 있는 것도 없었으므로, 축구는 그에게 남은 유일한 것이라고 할 수 있었다. 그는 자신이 이 세상에 남아 있는 까닭을 찾고 싶었는데 이제 그 실마리를 얻은 것 같았다. 그런데 그게 다른 무엇도 아니고 그저 공놀이에 불과한 축구라니.

켄은 자신이 떠나야 한다는 사실을 깨달았다. 삶을 버리고 길을 떠나는 사람들처럼 켄도 이제 떠나야 했다. 하지만 그가 길을 떠나는 건 버리기 위해서가 아니라 찾기 위해서였고 그가 찾아야 하는 것은 축구였다. 그것은 길을 떠나기에는 하찮은 이유인지도 모르지만 그 하찮은 이유가 유일한 이유였다. 어떤 사람은 아무 이유 없이 떠나고 어떤 사람은 숭고한 이유로 떠나지만 어떤 사람은 하찮은 이유로 떠나게 되는 것이었다. 아무것도 없다면 하찮은 것이 유일한 것이 된다.

켄은 다락방에서 축구공을 찾아냈다. 낡은 공이었지만 펌프로 공기를 불어넣자 제법 그럴싸한 모습이 됐다. 가방에 몇 가지 짐을 챙겼다. 옷과 물병, 간단한 음식, 노트와 연필 같은 것들이었다.

집을 나서기 전에 그는 출판사에 전화를 걸었다. 이제 돈을 보내주지 않아도 된다고 말하기 위해서였다. 전화를 받은 것은 그를 담당했던 편집자가 아니라 다른 사람이었다. 그가 왜 돈을 받지 않겠다는 거냐고 물어서 켄은 이제 집을 떠나기 때문이라고 대답했다. 그리고 상대가 오해하지 않도록 자신이 꾼 꿈과 축구에 대해 이야기했다. 그렇다면 축구 꿈을 꾼 이유를 찾기 위해 길을 떠나는 거냐고 물어서 켄은 그렇다고 대답했다. 그 이유를 알게 되면 어떻게 할 거냐는 물음에는 잠시 생각한 다음 그때는 이 세상에 남을 이유가 더는 없을 것 같다고 대답했다. 편집자는 한참 가만히 있더니 그러면 그 여행 이야기를 써달라고 말했다. 켄이 그건 어려울 것 같다고, 지금까지 계속 뭔가 써보려 했지만 아무것도 쓰지 못했다고 대답하자 그러면 전화로라도 여행 이야기를 들려달라고 했다. 그러면 자기가 켄을 대신해 원고를 정리하겠다는 것이었다. 여행 중 들른 곳, 만난 사람, 그들의 이야기, 혹은 축구에 관한 이야기라면 무엇이든. 켄은 자신이 없었지만 지금까지 돈을 보내준 것에 대한 답례로 그렇게 하겠다고 대답했다.

2부
_____

마을에 들어서면

낯선 마을에 들어서면 켄은 우선 축구장을 찾았다. 잘 관리된 경기장이 있으면 누군가 거기서 축구를 하고 있을 거라는 생각에서였다. 만약 운이 좋으면 경기가 열리는 중일 수도 있었고 어쩌면 함께 경기를 할 수 있을지도 몰랐다. 그러면 거기서 켄의 여행은 끝나고 그는 집으로 돌아가거나 아니면 삶의 끝을 향해 갈 수 있을 것이었다. 그러나 어느 경기장이든 방치된 채 망가져 있었다. 축구를 하는 사람들은 없었고 축구를 한 흔적도 없었다.

한번은 제법 깨끗한 운동장을 찾아낸 일이 있었다. 운동장에 누군가 있길래 혹시 이곳에서 축구 시합이 열리느냐고 물었다. 모자를 눌러 쓴 중년 남자는 자기가 기억하기로는 이곳에서 마지막으로 시합이 있었던 건 허무가 찾아오기 전이라고 했다. 경기장이 깨끗하게 유지된 까닭을 물으니 그날 이후로 자기가 이곳을 매일 걷기 때문이라고 했다. 그는 경기장 한쪽 끝에서 다른 쪽 끝까지 걸은 뒤 옆으로 한 걸음 간 다음 거기서 다시 반대편 끝까지 걷고, 그걸 자기 발자국으로 경기장을 가득 메울 때까지 계속한다고 했다. 그렇게 말하고 남자는 잠시 멈췄던 걸음을 계속했다.

사람들은 축구를 하기 위해 떠돌아다니는 이 낯선 사람에게 대체로 무심한 듯 친절했다. 먹을 것과 마실 물을 나눠 줬고 몸을 씻고 하룻밤 편안하게 잘 수 있는 자리를 내줬다. 헤어질 땐 옷이나 음식을 챙겨주기도 했다. 그들도 먹을 게 부족한데도 그렇게 했다. 그러나 그들은 켄이 무슨 일을 하려는지에 대해서는 관심이 없었다. 그들은 어쩐지 그저 그가 빨리 떠나주기를, 혹은 제발 다른 곳에 가서 죽어주기를 바라는 것 같았다. 누구나 자신의 허무를 상대하는 것만으로도 벅찼을 테니까.

어떤 사람들은 그를 마치 이 세계에 없는 사람이나 혹은 이미 죽은 사람처럼 대했다. 그들은 켄을 쳐다보려고도 하지 않았고 그의 말을 들으려고도 하지 않았다. 그들은 더러운 옷을 입고 축구공을 들고 있는 남자 앞을 스쳐 지나갔고 뒤돌아보지 않았다. 그들의 눈에 켄은 허무에 짓눌려서는 마침내 생을 버리고 떠난 또 한 사람에 불과했고 그가 하는 말은 정신 나간 헛소리에 불과했다. 그들에게 켄은 가까스로 외면하고 있는 것을 상기시키는 사람일 뿐이었다. 한번은 켄이 말을 걸자 상대가 켄의 가슴을 세게 밀어 넘어뜨렸다. 그는 주먹을 들어 올리기까지 했는데 잠시 그대로 서 있다 미안하다고 중얼거리고는 고개를 숙인 채 걸어갔다.

그러니 축구에 대해 이야기를 나눌 수 있는 사람을 만나는 건 기대하기 어려웠다. 간신히 이야기를 나누더라도 예전에 축구를 한 적이 있다든가, 유명한 축구 팀이나 선수의 팬이었다든가 하는 게 고작이었다. 거기에 대해 자세히 이야기해달라고 하면 그들은 별 의미 없는 말을 한두 마디 보태고는 더는 할 이야기가 없다고 했다. 조금 더 부탁해보면 한참 생각하다가 고개를 저으며 더 이상 생각나지 않는다고 했다. 허무는 세상에서 많은 걸 가져가면서 그것에 대한 기억도 함께 가져갔다. 축구에 대해서도 마찬가지였다.

그래도 가끔은 축구를 기억하는 사람을 만날 수 있었다.

축구의 부재

축구라고요.

남자는 담배 연기를 길게 내뿜으며 되물었다. 담배 연기가 텅 빈 스탠드에 느리게 퍼져 나갔다.

남자와 켄은 경기장의 관중석에 앉아 있었다. 관중석 위로 지붕까지 설치된 제법 큰 경기장이었다. 경기장은 잡초로 덮여 있었다. 켄은 처음 경기장에 들어왔을 때 이곳도 다른 곳과 마찬가지라고 생각하고 곧 떠나려고 했다. 그런데 관중석에 혼자 앉아 있는 남자가 보였다. 켄은 운동장을 천천히 가로질러 그에게 다가갔다. 남자는 켄이 계단을 올라가 그의 앞에 설 때까지도 이쪽은 쳐다보려고도 하지 않은 채 텅 빈 경기장만 내려다봤다. 손에 들고 있던 담배를 이따금 입으로 가져가지 않았다면 동상처럼 보였을 거라고 켄은 생각했다. 켄은 남자에게 혹시 축구를 할 수 있는 곳이 없느냐고 물었다. 남자는 고개를 돌려 켄이 옆구리에 끼고 있던 공을 한참 보았다. 그리고 켄의 얼굴을 잠깐 본 뒤 다시 경기장으로 시선을 돌렸다. 그리고 한참 뒤에야 말했다.

축구라고요.

켄은 남자의 다음 말을 기다렸다. 남자는 끝까지 탄 담배를 바닥에 버린 뒤 새 담배에 불을 붙인 다음에야 다시 입을 열었다.

아마, 여기서 할 수 있을 겁니다. 여기가 축구 경기장이니까요.

졸린 듯한, 혹은 반쯤 취한 듯한 목소리였다.

그런데 지금은 아무도 없군요.

맞아요. 아무도 없죠.

축구를 하는 사람은 없습니까?

없어요.

켄은 잠시 있다가 남자에게 다시 말을 걸었다.

그럼 당신은 여기서 뭘 하는 거죠?

축구를 보고 있어요.

켄은 축구를 보고 있다는 남자의 말에 경기장을 봤지만 경기장은 여전히 비어 있었다. 어쩌면 남자는 술에 취했거나 정신이 조금 이상해진 건지도 몰랐다. 아니면 허무로부터 피해 다니느라 자기 안에 너무 굳게 갇힌 나머지 다른 사람과 대화

하는 법을 잊은 건지도. 계속 머문다고 해서 뭔가 이야기를 나눌 수 있을 것 같지 않았다. 켄이 인사를 하고 떠나려는데 남자가 다시 입을 열었다. 이번에는 부드럽고 단호한 어조였다.

예전에는 여기 축구가 있었죠. 그런데 보다시피 이제는 없어요. 여기서는 축구가 없어진 게 보이죠. 그래요. 여기에는 축구의 부재가 있습니다. 그게 내가 보고 있는 겁니다. 여기 없는 축구. 세계가 끝난 바로 그날 축구도 다른 모든 것과 함께 이 세계에서 사라졌습니다. 세계에서 사라진 것들의 긴 목록에, 우리가 여가에 했던 활동들의 목록에 축구도 한 줄을 차지하고 있었습니다. 이제 그것은 없습니다. 허무는 이 세계를 차갑고 조용하게 만들었습니다. 허무가 이 세계에서 가져간 것은 소음과 열기였습니다. 세계에서 사라진 것들은 이 세계를 더 뜨겁고 시끄럽게 만들고 있었던 것입니다. 이제 우리는 더 조용하고 차갑고 깨끗한 세계에서 모든 것의 본질을 조금 더 잘 볼 수 있게 됐습니다. 축구의 본질을 포함해서요. 내가 보는 것이 그것입니다. 여기에 축구가, 축구의 본질이 있습니다. 그것의 본질은 부재입니다. 축구는 부재로부터 와서 자신의 소멸을 향해 나아갔습니다. 또한 그것은 세계의 본질이기도 하죠. 우리 모두 그곳을 향해 가고 있는 것입니다. 허무가 이 세계에 온 것은 우리에게 그걸 일깨워주기 위해서였습니다. 부재와 공허, 소멸이 바로 이 세계의 본질이라는 것, 우리는 무로부터 와서 무로 돌아간다는 것을 말이죠.

　말을 마칠 때 남자의 담배는 이미 끝까지 타서 꺼져 있었다. 남자는 다시 담배를 꺼냈다. 그러나 불은 붙이지 않고 손가락 사이에 끼운 채 그냥 들고만 있었다. 남자의 눈에는 표정이 없었다. 켄이 보기에 그는 방금 자신이 내뱉은 말이 무슨 뜻인지 생각하기 위해 다시 자신의 내부로 깊이 들어간 것 같았다.

폐차장

한 노인이 퀜을 축구장이 있던 곳으로 안내해주겠다고 했다. 축구장은 마을 밖에 있었다. 둘은 그곳까지 천천히 걸어갔다.

한참을 걸어 도착한 곳은 폐차장이었다. 폐차장은 이제 영업을 하지 않는 것 같았다. 지나다니는 사람도 없었고 기계가 돌아가는 소리도 들려오지 않았다. 썩은 물웅덩이 위에 무지개색 기름 띠가 퍼져 있었다. 노인은 녹이 잔뜩 슨 컨버터블의 트렁크에 몸을 기대며 숨을 돌리더니 여기가 바로 축구장이 있던 곳이라고 말했다.

그는 이곳이 원래는 버려진 풀밭이었는데 젊은이들이 힘을 모아 축구장으로 만들었다고 했다. 그들은 측량 기사의 조수로 일하는 친구의 도움을 받아 말뚝을 세운 다음 밧줄을 연결해 라인을 만들고 제재소에서 얻어 온 나무로 골대를 만들어 운동장 양쪽 끝에 세웠다. 그들은 순서를 정해 돌아가며 며칠에 한 번씩 풀을 깎았다. 순서를 한 번만 빼먹어도 풀은 무서운 기세로 다시 자랐다. 시간이 지나자 경기장은 제법 번듯한 모습이 됐다. 그들은 이곳에서 거의 매일 축구를 했다. 여름에는 저녁에만 두 경기를 연거푸 하기도 했다. 그러나 제재소가 문을 닫고 젊은이들이 하나둘 마을을 떠나면서 경기장은 버려졌다. 나중에 한 폐품업자가 이 땅을 사들여서 폐차장으로 만들었다. 그리고 어느 날 폐품업자도 떠나자 버려진 차들만 이곳에 남았다.

쿈에게는 이곳의 공기가 아주 무겁게 느껴졌다. 만약 허무에 밀도라는 것이 있다면 이곳은 가장 밀도가 높은 곳 중 하나일 것이라고, 어쩌면 허무는 이런 곳에서 처음 생겨난 건지도 모르겠다고 쿈은 생각했다. 주위의 모든 것이 멈춰 있었고 들리는 거라고는 노인의 색색거리는 숨소리뿐이었다. 모든 것이 죽음과 공허를 가리키고 있었다.

한참 있다가 노인이 입을 열었다.

여기서 했던 마지막 경기가 생각나. 그때 마지막 골을 넣은 사람이, 바로 나였어.

저기가 우리 편 골대였고. 노인이 가리킨 쪽에는 창문이 모두 깨진 컨테이너 사무실이 있었다. 저쪽이 상대편 골대였어. 이번에는 노인이 반대편에 타이어가 가득 쌓인 쪽을 가리켰다.

그 경기는 그냥 아무것도 아닌, 트로피나 내기 같은 것도 걸리지 않은, 친구들끼리 재미로 했던 그런 경기였어. 그래도 아주 아슬아슬하고 치열했지. 상대가 먼저 한 골을 넣고 우리가 한 골. 그리고……

그는 엉거주춤 몸을 일으키더니 다시 걷기 시작했다. 어쨌든 우리는 아주 열심히 뛰었지. 꼭 내일은 없는 것처럼.

노인은 몸을 돌리면서 뒤편 어딘가를 가리켰다.

저기서 우리 편 수비수가 태클에 성공했어. 공이 앞으로 흘렀는데, 그 공을, 뒤따라오던 사람이 나한테 차 줬지. 나는 여기서 그 패스를 받았어.

그는 공을 잡아서 몸을 돌리는 시늉을 했다. 그리고 잘 움직이지 않는 다리를 끌면서 조금씩 달리기 시작했다. 켄은 노인이 넘어질까 봐 걱정됐다.

그런데 수비가 달려드는 거야. 태클할 것 같았지. 그래서 나는 공을, 이렇게 툭 차놓고, 태클을 뛰어넘었지. 노인은 이렇게 말하며 엉덩이를 뛰어넘으려 했지만 뒷발이 빠지며 정강이까지 구정물이 튀었다. 그래도 그는 걸음을 멈추지 않았다.

수비를 제친 다음에 달려나갔어. 그런데 보니까, 가운데가 비어 있지 않겠어. 그래서, 그리로 치고 들어갔지. 노인은 몸을 돌려 방향을 바꿨다.

그러면서 왼쪽 앞을 봤는데. 노인은 기침을 했다. 기침은 한참 동안 멎지 않았다. 그는 숨을 고르고 다시 이야기를 시작했다. 동료 한 명이 달려오고 있었어. 노인은 팔을 들어 어딘가를 가리켰다.

순간 패스해줄까 생각했지만, 수비가 너무 빨랐어. 그래서 패스하는 척하면서, 노인은 춤을 추듯 발을 들었다 내리며 몸을 돌렸다. 얼른 반대쪽으로 공을 몰았지.

노인은 숨을 헐떡이면서도 팔을 저으며 위태롭게 앞으로 나아갔다.

다시, 수비 한 명이 달려왔어. 노인의 목소리는 숨소리에 묻혀갔다.

수비가 태클을 해서, 공을 건드렸는데, 나도 넘어질 뻔했지만, 그래도, 넘어지지 않고, 노인은 더 이상 말을 잇지 못했다. 노인의 몸이 앞으로 기울어지고 있었다. 그러다 땅으로 향하는 고개를 잠깐 들어 앞쪽을 흘깃 보더니 갑자기 허리를 펴면서 오른쪽 다리로 허공을 저었다. 공중에서 거의 반 바퀴쯤 돌며 중심을 잃은 그의 몸은 바닥에 나동그라지듯 주저앉았다. 켄은 부축하기 위해 노인에게 다가갔다. 그러나 노인은 일어날 생각은 하지 않고 어딘가를 뚫어져라 보고 있었다.

켄은 노인의 시선이 향한 곳을 보았다. 그곳에는 폐타이어 말고는 아무것도 보이지 않았다. 침묵 속에서 노인의 거친 숨소리만 들려왔다.

진흙탕 도시

남자는 걸음이 그리 빠른 편은 아니었다. 그런데도 진흙탕과 물웅덩이를 요령 있게 피하면서 벌써 저만치 앞서갔다. 모퉁이에 이르자 남자는 잠시 걸음을 멈추고는 켄이 진흙탕에서 쩔쩔매며 자신을 따라잡으려 애쓰는 걸 가만히 쳐다봤다.

켄은 이런 곳에 와본 적이 없었고 이런 곳이 있으리라고 생각해본 적도 없었다. 건물 지붕 너머로는 공장의 굴뚝에서 피어오르는 연기가 흘러갔고 공기에서는 알 수 없는 고약한 냄새가 났다. 오후 4시도 안 됐는데 주위는 벌써 저녁이 내린 것처럼 어두웠다. 길옆에 있는 집들의 창유리 절반은 깨져 있었다.

그렇게 기분 좋은 동네는 아니죠? 켄이 간신히 따라잡자 남자가 이렇게 말하며 얼굴을 일그러뜨렸다.

그래도 그 일이 있기 전에는 이 정도는 아니었어요. 나름대로 살 만한 곳이었습니다. 아니, 생각해보니 그때도 그다지 괜찮은 곳은 아니었군요. 이렇게 말하며 남자의 얼굴이 또 일그러졌다.

예전에 어떤 외국인 기자가 이 동네의 악명을 듣고 탐방 기사를 쓰러 온 적이 있습니다. 그는 일주일 정도 머물며 마을 여기저기를 구경하고는 돌아가서 기사를 썼는데 한마디로 이 동네를 지옥 같은 곳이라고 했습니다. 지금도 마찬가지지만 그때도 이곳 사람들은 외지인에게 불친절했습니다. 외국어를 할 줄 아는 사람도 거의 없었죠. 이 동네는 외지인을 온몸으로 거부하느라 그들을 불러들일 만한 시설이라고는 아예 하나도 들여놓지 않았습니다. 호텔, 맛있는 식당, 온천, 호수, 휴양지 따위를 말이죠. 그러니 누군가 와서 지내기에 이보다 더 불편한 곳은 달리 없을 겁니다. 물론 이 동네 사람들이라고 여기서 사는 게 편한 건 아닙니다. 가게에 있는 거라고는 시들어빠진 채소, 썩어가는 고기, 구린내 나는 소스뿐이고 뭔가 기념할 만한 날 근사한 걸 먹을 변변한 식당조차 없으니까요. 남자들이 시간을 보낼 데라고는 술집뿐인데 거긴 당신 같은 외국인들이 갈 만한 곳이 못 됩니다. 켄이 자기는 외국인이 아니라고 말하자 남자는 이곳에서는 외지인이나 외국인이나 마찬가지라고 대답했다.

여기서 그나마 가볼 만한 곳은 경기장입니다. 하지만 경기장이야말로 외지인을 가장 거부하는 곳이죠. 경기장은 이 도시에서 가장 크고 음습한 건물입니다. 서리가 제일 먼저 내리는 곳도, 얼음이 제일 먼저 어는 곳도 경기장입니다. 잔디도 매년 새로 깔아야 했습니다. 아무리 강한 품종을 심어놓아도 매번 이유 없이 말라 죽었으니까요. 지금은 진흙탕이 돼 있지만요. 경기장이 그런 이유가 배수 시설 때문이라고도 하고 지하수 때문이라고도 하지만 우리는 그런 설명보다는 저주 때문이라고 믿는 걸 더 좋아합니다. 도시 전체에 비 한 방울 내리지 않는데 경기장 위에만 먹구름이 몰려드는 걸 보면 당신도 우리 생각이 그리 틀리지 않았다고 여기게 될 겁니다.

다음 모퉁이에서 방향을 꺾자 길 끝에 경기장이 보였다. 남자의 말을 들은 때문인지 켄이 보기에도 경기장 위의 구름은 다른 곳보다 더 짙고 무거운 것 같았다.

그 기자는 우리가 경기장을 더 쾌적하고 교통이 편리한 곳으로 옮기려 하지 않는 이유가 시의 재정 문제, 유서 깊은 전통, 혹은 건축업자와의 부정한 결탁 때문일 거라고 제멋대로 결론을 내렸습니다. 그는 끝까지 이 도시에 대해 또 이 도시의 주민인 우리에 대해 아무것도 몰랐던 겁니다. 이 경기장의 지독한 날씨와 환경과 분위기를 원한 게 바로 우리였다는 걸 말이죠. 이해가 가지 않겠지만 사실입니다. 그 당시에 우리는 정말로 이 경기장을 사랑했습니다. 왜냐면 이곳이야말로 진정한 원정 팀의 지옥이었으니까요. 이곳은 우리에게도 이미 지옥이지만 그들에게는 더했죠. 우리는 원정 팀의 잘난 멋쟁이들이 90분 동안 진흙탕 경기장에서 바보처럼 자빠지며 우리 같은 시골 촌뜨기와 똑같은 꼴로 뒹구는 걸 보기 위해 이 경기장을 포기하지 못했던 겁니다. 그럴 만한 충분한 기회가 있는데 매주 누군가를 불러 이 진흙 구덩이에 빠뜨리는 재미를 포기할 이유가 뭡니까?

이렇게 말하며 남자는 다시 한번 얼굴을 일그러뜨렸다. 그제서야 켄은 그것이 웃는 얼굴일지도 모른다고 생각했다. 그는 자신과 그의 이웃들과 세계의 어리석음을 비웃고 있는 거라고. 그리고 아까 남자가 한참 앞서가다가 기다리고 있던 것역시 순전히 호의 때문만은 아닐지도 모른다고도 생각했다. 켄은 이 남자가 허무에 굴복하지 않은 건지, 아니면 허무가 이남자에게서 떠나고 그 자리에 제일 먼저 찾아온 것이 악의인건지 궁금했다.

이반은 숲으로 들어갔다

병사는 불에 나뭇가지를 조금 더 넣었다. 연기가 올라왔다. 불 위에 걸어놓은 그릇에서 물이 끓자 그는 커피 가루를 넣고 나뭇가지로 저은 뒤 컵 두 개에 나눠 따르고 그중 하나를 켄에게 줬다. 둘은 말없이 커피를 마셨다. 커피는 뜨겁고 썼지만 그걸 마시자 속이 따뜻해졌다. 켄은 커피를 아껴 마셨다. 반쯤 마셨을 때 병사는 이야기를 시작했다.

이 이야기는 내가 지금보다 젊었을 때 우리 부대의 나이 많은 상급 전사에게 들은 겁니다. 그는 다른 선임에게 들었고 그 선임은 또 그의 선임에게 들었다고 하니 말하자면 부대에서 대대로 전해져 내려오는 전설 같은 이야기인 거죠.

이야기의 주인공은 이반이라는 이름의 나이 어린 병사입니다. 때는 전쟁이 거의 끝날 무렵이었고요. 이반은 혼자 경계 근무를 하고 있었습니다. 그의 분대는 숲가에 외따로 떨어진 농가 하나를 점령하고 있었죠. 마지막으로 총을 쏜 지도 몇 달이 지났고 근처에 적이 있다는 보고도 없어서 경계 근무는 형식적인 것이었습니다. 숲은 아주 조용했죠. 늦가을이라 나무와 풀은 거의 말라 있었고 새소리도 짐승 소리도 들리지 않았습니다. 이반은 털모자를 쓰고 두꺼운 외투를 입고 있었는데도 몸이 식을까 봐 자꾸만 몸을 움직여야 했습니다. 어깨에 메고 있던 총도 무거웠고요.

이반은 무슨 생각을 하고 있었을까요. 고향에 있는 가족? 자기를 기다리는 여자 친구? 전선 어딘가에서 자기처럼 떨고 있을 고향 친구들? 그날 아침에 먹은 빵과 수프? 아니면 농부의 집에 있는 난로? 동료들이 하고 있을 카드 놀이? 무슨 생각을 하고 있었든 이반은 춥고 배가 고프고 외로웠습니다. 그리고 무엇보다 심심했죠. 경계 근무라는 건 그런 거거든요. 아무 일도 생기지 않기를 바라면서 아무것도 하지 않고 가만히 있는 거죠. 그래서 이반은 자꾸 집 주위를 서성였습니다. 그러면서 조금씩 숲속으로 들어갔어요. 무엇보다 그는 젊은 병사였으니까요. 어리석고 호기심 많은.

숲을 거닐던 이반은 꽤 넓은 공터를 발견했습니다. 그런데 거기서 그런 곳에는 있을 법하지 않은 뭔가를 발견했습니다. 바로 축구공이었죠. 당신 발밑에 있는 것 같은 그런 낡은 축구공. 숲에 왜 축구공이 있었던 걸까요. 누가 거기다 갖다놓은 걸까요. 그 집에 살았던 아이의 것이었을까요. 왜 이런 숲 한 가운데에 버려져 있는 걸까요. 아무것도 알 수 없었죠. 물어볼 사람도 주위에 없었고. 그래도 그게 축구공인 건 분명했습니다. 아주 낡은 데다 바람까지 빠져 있었지만요.

이반은 그 공을 발로 한번 툭 차봤습니다. 아까도 말했지만 이반은 젊은 병사고, 그는 너무 심심했고, 공은 발로 차라고 만들어진 거니까요. 공은 바람 빠진 공이 낼 만한 소리를 내며 조금 굴러가다가 멈췄습니다. 그래서 그는 공을 한 번 더 찼죠. 공은 또 조금 굴러갔고요. 그런데 조금 떨어진 곳에 서 있는 나무 두 그루가 꼭 골대처럼 보이는 게 아니겠어요? 그 래서 이반은 그 앞으로 가서 공을 찼습니다. 공은 나무 사이 빈틈으로 들어갔습니다. 이반은 다시 공이 있는 곳까지 갔습 니다.

이제 주위의 나무들이 꼭 관중이나 다른 선수들처럼 보이기 시작했습니다. 이반은 나무 사이로 공을 몰고, 자기 편 나무에 게 패스하고, 공을 받고, 골대를 향해 찼습니다. 그가 골을 넣을 때마다 관중들이 박수를 쳤죠. 관중 속에는 그의 가족들도 있었고 그의 여자 친구도 있었어요. 이반은 점점 더 신이 났습니다. 빈 숲에 이반이 공을 차며 풀을 밟는 소리가 울렸어요. 퍽, 퍽, 바스락. 소리는 숲속으로 점점 더 깊이 들어갔죠.

저녁이 다 됐을 때 동료들이 이반을 찾으러 나왔습니다. 교대 시간이 됐는데도 그가 돌아오지 않았거든요. 그들은 숲에 떨어진 이반의 총을 찾아냈습니다. 조금 떨어진 곳에 그의 모자가 있었고 또 조금 더 떨어진 곳에는 외투가, 또 조금 먼 곳에는 그가 벗어놓은 군복 상의가 있었고 더 가자 바지가 있었죠. 그리고 조금 더 가니까 속옷과 양말이, 또 조금 더 가니까 흰 축구공이 있었습니다. 사람의 뼈처럼 흰 축구공이. 그런데 이반은 없었습니다. 동료들은 이반이 옷도 안 입은 채 어디로 가버린 건지 궁금했습니다. 그들은 이반의 이름을 불렀습니다. 하지만 이반의 목소리는 들려오지 않았습니다. 그리고 이반도 돌아오지 않았죠. 영원히.

멈추지 않는 욕

우리는 배급소의 긴 줄에 나란히 서 있었다.

내가 축구에 대해 기억하는 것은 선수들이 경기장에서 서로에게 퍼붓던 욕입니다.

그들은 경기 내내 서로에게 욕을 퍼부었습니다. 누구도 그걸 막을 수 없었습니다. 선수들 자신도 욕을 멈출 수 없었습니다. 왜냐면 어릴 때부터 그것들을 배워왔기 때문입니다. 마치 그것이 축구의 한 부분인 것처럼요. 더 지독한 욕일수록 더 큰 모욕감을 줬고 그러면 흥분한 상대는 평소 실력의 반도 제대로 내지 못했으니까요. 입에 담기 어려운 그 욕들 중 가장 충격적이고 창의적인 건 인종과 가족과 섹스와 음식과 동물과 국가와 종교를 결합한 것들이었습니다. 여기서 그중 하나라도 듣는다면 당신은 당장 귀를 씻고 싶어질 겁니다.

협회가 가만히 있었던 건 아닙니다. 하지만 당시 경기장에 설치된 마이크로는 욕과 욕 아닌 걸 구별할 수 없었습니다. 그래서 그들은 그라운드에서 대화를 시도하는 선수에게는 그 내용에 관계없이 무거운 징계를 내리기로 했습니다. 망원 렌즈를 단 열여섯 대의 카메라가 경기가 끝날 때까지 선수들의 얼굴을 촬영했습니다. 그 뒤로 선수들은 경기장에서 단 한 마디도 할 수 없었습니다. 페어플레이를 다짐하며 악수를 나눌 때도, 경기가 끝난 뒤 셔츠를 교환할 때도 마찬가지였습니다. 한 골키퍼는 골을 먹은 직후 스스로를 저주하는 말을 했다가 두 경기 출장 금지라는 징계를 받았습니다. 그는 재심을 요청했지만 받아들여지지 않았습니다.

그런 조치로도 선수들의 욕을 완전히 막을 수는 없었습니다. 어떤 선수들은 서툰 복화술을 시도했습니다. 거친 호흡 때문에 목소리가 우스꽝스럽긴 했지만 그래도 뜻은 전달됐습니다. 그들은 상대 선수는 물론이고 심판에게도 욕을 퍼부었는데 사방에서 괴상한 목소리로 질러대는 욕을 듣다 못한 어떤 심판은 가련하게도 경기장 한가운데서 토하며 쓰러지기도 했습니다. 급히 달려간 의료진은 심판 주위에 몰려든 선수들이 입도 뻥긋하지 않으면서 퍼붓는 욕을 듣지 않기 위해 귀마개를 착용해야 했습니다. 경기장 주위에 30개의 지향성 마이크가 설치된 뒤에야 복화술은 퇴치됐습니다.

그런데 이 놈의 줄은 왜 이렇게 줄어들지 않는 건지 원.

소리 내지 않고 욕을 하기 위해 수화를 배운 선수도 있었습니다. 그는 6개월간 수화를 배운 끝에 경기장에서 수화로 욕을 했고 2분 뒤에 퇴장당했습니다. 그는 등을 떠밀려 나가면서도 끊임없이 손가락을 꼬고, 흔들고, 검지를 코에 갖다 대고, 얼굴을 찡그렸습니다

그들이 개발해낸 방법은 실로 다양했습니다. 모스부호를 배워 눈 깜박임으로 욕을 한 선수도 있었고 드리블을 하며 발로 운동장에 욕을 휘갈겨 쓴 선수도 있었고 두 음절의 욕을 나눠서 전반전이 시작할 때 한 음절, 그리고 후반전이 끝날 때 다시 한 음절을 발음하는 선수도 있었습니다.

그들은 심지어 플레이로 서로를 욕보이기도 했습니다. 손짓, 발짓, 포지션 변경, 달리기, 점프, 헤더, 킥, 패스, 트래핑, 그 모든 것이 욕을 이루는 요소가 됐습니다. 이를 테면 점프 후 헤더하며 공의 방향을 돌리는 건 '가서 엄마 젖이나 더 빨다 와라, 이 코흘리개야'라고 말하는 것이었고 트래핑한 공을 상대의 머리 위로 넘기며 돌파하는 건 '걸리적거리지 말고 비켜, 이 염소 밑구멍에서 나오다 만 것 같은 등신아' 혹은 '이 똥자루는 누군데 경기장에 들어와 있는 거야?'라는 뜻이었습니다. 공을 상대의 다리 사이로 빼내는 건 성적인 의미였고 코너킥을 하기 전에 손을 치켜드는 건 '두드려 맞기 싫으면 엄마 배 속으로 다시 기어 들어가'라는 뜻이었습니다.

어느 정도 수준에 오른 선수들은 욕하는 기계나 마찬가지였습니다. 그들은 무의식중에도 욕을 멈출 수 없게 됐습니다. 욕을 하지 않기 위해서는 입을 다무는 것만으로는 부족했고 손발에 꼭 힘을 주고 있어야 했습니다. 그들이 인터뷰할 때 하나마나 한 뻔한 소리를 하는 것은 그것이 욕을 하지 않고 할 수 있는 유일한 말이었기 때문입니다. 어떤 선수들은 그러는 중에도 계속 코나 귀나 턱을 긁음으로써 자기도 모르게 욕을 했지만요.

이야기를 마친 그는 방금 받은 굳은 빵을 수프에 찍어 먹기 시작했다.

포지션의 행복

이 세상에 축구를 복원하려는 당신의 노력을 나는 이해할
수 없습니다. 축구는 그 누구도 행복하게 하지 못했습니다. 그
리고 앞으로도 마찬가지일 것입니다. 축구는 그것에 연루된
모든 사람을 불행하게 만들었습니다. 나는 선수들이 포지션에
상관없이 모두 불행했다는 사실을 분명하게 증명해 보일 수
있습니다.

우선 공격수는 가혹한 포지션입니다. 그에게는 좋은 플레이
와 나쁜 플레이만이 있을 뿐입니다. 좋은 플레이를 할 때 그는
누군가의 원망과 저주와 살의의 대상이 됩니다. 반면 나쁜 플
레이를 할 때 그는 나머지 모든 사람의 욕설과 비난과 조롱의
대상이 됩니다. 그를 아는 사람 중에 그를 그저 알고만 있는
사람은 없습니다. 그를 좋아하거나 싫어하거나 둘 중 하나입
니다. 그들은 이번 주에는 그를 찬양했다가 다음 주에는 그를

저주합니다. 그는 도덕이나 윤리와 연관되지 않은 행위로 당연하다는 듯이 비난받습니다. 그는 자신의 부지런함과 명석함과 희생 정신과 동료애가 아니라 오로지 득점에 의해 평가받습니다. 시간이 지날수록 그에 관한 기억은 더욱 단단해집니다. 그에게는 잊힐 권리가 없습니다. 경기장에서 그가 공을 잡을 때마다 동료와 감독을 포함한 수많은 참견꾼이 그를 조종하려 듭니다. 그가 그들의 기대대로 골을 넣지 못하면 그는 당장 모두에게 비난을 듣게 됩니다. 결국 최후에 모든 책임을 지게 되는 건 자신이라는 걸 깨달은 그는 어느 순간부터 동료와 협력하라는 말을 믿지 못하게 됐습니다. 그는 무슨 수를 써서든, 심지어는 동료의 공을 뺏어서라도 골을 넣어야 한다는 압박에 시달립니다.

미드필더는 혼란스러운 포지션입니다. 그는 그라운드의 왕이며 군인이며 노예입니다. 그는 때로 수비수였다가 때로 공격수가 돼야 합니다. 그는 한 박스에서 튀어나와 다른 박스 안으로 들어갔다 다시 처음의 박스로 돌아가는 일을 반복합니다. 그는 어디에나 있으면서 또한 어디에도 없어야 합니다. 그는 자신이 누구인지 상대에게 알려주지 않는데 그건 스스로도 자신이 누구인지 모르기 때문입니다. 그는 방향을 잃고 적을 잃고 동료를 잃습니다. 그는 암살자가 다른 암살자를 경계하듯 늘 주위를 살핍니다. 공을 갖기 전까지 자신은 그저 유령에 불과하다는 걸 그는 알고 있습니다. 공은 그의 옆에서, 앞에서, 뒤에서, 위에서 갑자기 나타났다 사라지고 그때마다 그는 멀미를 참으며 자신은 우주 비행사가 아니라 축구 선수이고 지금 우주 유영이 아니라 축구 경기를 하는 중이라는 생각에서 깨어나지 않기 위해 이를 악물어야 합니다. 그리고 정신이 들었을 때 이미 경기는 끝나 있고 그는 자신이 무엇을 하고 있는지도 알아차리지 못한 채 다음 경기를 준비해야 합니다.

수비수는 냉혹한 포지션입니다. 그는 상대의 공격을 기다립니다. 상대가 공격해 오지 않으면 상대가 공격하도록 만듭니다. 그는 자신을 찌르려는 상대를 거꾸러뜨리기 위해 그 자리를 지키고 있습니다. 그는 늘 적을 필요로 하며 그래서 그의 존재 이유는 바로 상대의 적의입니다. 어떻게든 자신을 제치고 달아나려는 상대를 쫓으며, 그는 쫓기는 것이 실은 자기라는 것을, 자신이 타인을 무찌르기 위해, 상대의 노력과 의도와 창의력을 무산시키고 희망을 꺾기 위해 바로 거기에 있다는 것을, 자신이 그저 희망과 즐거움의 파괴자에 불과하다는 것을, 환희는 언제나 자신의 비참 뒤에 있다는 걸 알고 있습니다. 단 한 번도 주인공이 되지 못한 반영웅인 그는 자신의 창의력으로 적의 창의력에 대적할 수 없습니다. 뭔가 새로운 걸 시도할 때마다 그에게 날아오는 건 동료와 코치진의 질책과 비난이기 때문입니다. 변명의 문장을 그는 가질 수 없습니다.

그는 한편으로는 아름다움의 파괴자, 희망의 살인자이며 다른 한편으로는 끝없는 위협에 고스란히 노출된 피해자라는 자신의 숙명에서 벗어날 수 없습니다.

골키퍼는 절망스러운 포지션입니다. 그는 대가족의 어머니와 마찬가지입니다. 그에게는 단 한 조각의 권리도 없습니다. 그는 언제든 돌아보면 거기에 있어야 하고 돌아보지 않을 때에도 거기에 있어야 하고 심지어는 그 자리에 없는 게 분명한데도 거기에 있어야 합니다. 자식들을 모두 전쟁터에 보낸 어머니처럼 그는 어떤 소식에도 소스라치게 놀랍니다. 그가 기다리는 것은 같은 팀의 공격수가 골을 넣었다는 소식이 아니라 종료 휘슬입니다. 골키퍼들은 공이 상대 진영에 있을 때도 혹시 상대의 수비수나 골키퍼가 길게 걷어낸 공이, 혹은 자기 편 선수가 길게 패스한 공이 자기 머리 위를 지나가지는 않을지, 혹은 상대 공격수가 공을 가진 채 바람처럼 자신을 향해 내달리지는 않을지, 혹은 그런 공격수를 향해 지금으로서는 불가능해 보이는 패스가 날아오지 않을까 불안해해야 합니다. 그래서 골키퍼는 늘 머릿속으로 불가능한 곳에서 불가능한 자세에서 불가능한 속도와 불가능한 각도로 때리는 슛을 상상하고 그 일이 일어나기도 전에 이미 그것을 경험합니다. 경기를 시작하기도 전에, 장갑을 끼기도 전에 그는 최악을 향해 치닫는 자신의 운명을 이미 예감하고 있습니다. 그리고 페널티킥을 맞으면…… 그 이상은 말하고 싶지 않습니다.

　이런데도 정말 당신은 이 세계에 축구가 다시 필요하다고
생각한다는 겁니까.

죽어가는 사람은 그 일을 결코 잊을 수 없었다

노인의 몸에는 줄이 여러 개 달려 있었다. 손가락에 연결된 기계는 규칙적으로 삑삑거리는 소리를 냈고 모니터에는 심장 박동을 나타내는 그래프가 표시되고 있었다. 옆에는 노인의 딸이 초연한 표정으로 서 있었다. 그녀는 허무를 받아들인 것처럼 노인의 죽음을 받아들이고 있었다. 그리고 노인은 허무를 거부하는 것처럼 죽음을 거부하고 있었다.

노인이 손을 들어 켄에게 가까이 다가오라고 했다.

내 축구 이야기를 들려주지.

그는 한숨을 한 번 쉬었다. 삑삑거리는 소리가 빨라졌다가 가라앉았다.

나는 골키퍼였어. 그 경기는 아주 중요한 대회의 결승전이었고. 상대가 공을 차서 내가 몸을 날렸지. 내 손이 닿지 않았고 공은 골대에 들어갔어. 우리는 졌어. 사람들은 그게 내 실

수 때문이라고 말했지. 내가 조금만 더 빨리 뛰었다면 막을 수 있었을 거라고.

노인은 이렇게 말하고 한숨을 한 번 더 쉬었다. 삑삑거리는 소리가 조금 빨라졌다.

지금도 그 모든 게 기억나. 미드필드에서 우리 편 선수와 상대가 볼을 놓고 다투고 있어. 그러다가 가랑이 사이로 공이 빠져나오지. 볼을 따낸 건 상대편이었어. 그가 오른발로 공을 차고 나오지. 두 번. 세 번. 그러다 골대 쪽을 보고 크로스를 올려. 가운데 쪽으로 시선을 돌리니 상대 공격수가 달려오고 있는 게 보여. 하지만 그에게는 이미 우리 편 수비수가 붙어 있어. 그런데 공이 그 두 사람의 머리 위를 지나서 더 뒤로 떨어지는 거야. 고개를 그쪽으로 돌리니 시야 끝에 서 있던 흐릿한 그림자가 뛰어나오며 선명해지지. 그건 또 다른 상대 공격수야. 그가 왼발로 공을 받는 게 보여. 다행히 그의 터치는 전혀 완벽하지 않았어. 그의 몸 앞에서 25센티는 더 오른쪽으로 떨어졌지. 그의 자세가 무너질 것 같아. 하지만 곧 자세를 회복했어. 그가 슛을 하기 위해 몸을 웅크렸어. 나는 팔을 뒤로 빼며 몸을 숙였지. 공이 날아오는 쪽으로 몸을 날릴 준비를 하면서. 나는 생각했어. 공이 강하게 날아올 리 없다고. 그리고 공이 날아오는 건 오른쪽이라고. 그가 발을 뒤로 휘둘렀다 앞으로 뻗는 게 보여. 그가 찬 공은 생각대로 오른쪽으로 날아오고 있어. 단 내가 예상한 것보다 강했어. 하지만 난 벌써 그쪽으로 몸을 날리고 있지. 공이 날아오는 게 보여. 팽팽한 가죽 조각이 천천히 돌아가며 흔들리는 것도. 공에 묻은 잔디가 떨어져 나가는 것도. 공 주위의 공기가 일그러지는 것도. 공은 날아오고 있고 내 몸도 공이 오는 방향으로 날아가고 있지. 둘은 공중에서 만나야 했어. 하지만 내 손은 공에 닿지 않았어. 공이 내 앞에서 갑자기 방향을 바꾸며 사라졌어. 몸을 일으켜 보니 공은 네트에 꽂힌 채 돌아가고 있었어.

말하는 동안 그의 목소리는 점점 작아져서 마지막 몇 마디는 거의 속삭이는 정도였다. 그래서 켄은 그의 목소리를 잘 듣기 위해 침대 옆에 무릎을 꿇어야 했다.

그 뒤로 나는 그 순간을 수만 번 다시 살아야 했고, 그때마다 그 모든 것을 되풀이해서 경험했어. 그 순간은 아무런 예고도 없이 느닷없이 찾아왔어. 꿈속에서도, 깨어 있을 때도. 밥을 먹다가, 옷을 갈아입다가, 길을 걷다가, 대화를 하던 도중에도. 그때마다 난 하던 걸 멈추고 그 순간으로 돌아갔지. 공이 날아오고, 내가 몸을 날리고, 공이 내 손 앞에서 사라졌다가 뒤에서 다시 나타나는 걸 수도 없이 경험했지. 내 삶은 그 순간에 사로잡힌 거나 마찬가지였어.

노인은 한참 동안 말이 없었다.

나는 그 순간을 너무 많이 살아야 했어. 그리고 상상 속에서 온갖 방법으로 그 공을 막아냈어. 앞으로 달려 나가 공을 차내고, 날아오는 공을 펀칭하고, 드리블을 태클로 무너뜨리고…… 모든 슛을 다 막아냈어. 그리고 그날 경기가 끝나고 우승 트로피를 들어 올렸지.

나중에는 어떤 게 상상이고 어떤 게 현실인지 구분하기 어려웠어.

노인의 가슴이 오르내리면서 기계가 불규칙한 소리를 냈다.

다시 한번 그 순간으로 돌아갈 수 있다면, 그러면 나는……

삑삑거리던 기계가 높고 긴 소리를 냈다. 노인의 심장박동을 나타내던 그래프가 긴 선을 그었다. 말없이 서 있던 여자가 미처 감지 못한 노인의 눈을 감겼다. 자신을 향해 날아오는 공을 그가 더 이상 보지 않아도 되도록.

폭력의 카르마는 0에 수렴한다

다리의 흉터들은 다 축구 때문에 생긴 거요. 눈가의 흉터도 마찬가지고. 그중에는 불의의 사고 때문인 것도 있고 아닌 것도 있지만 누군가를 원망해본 적은 단 한 번도 없소. 모두 있을 수 있는 일이었지. 그렇다고 내가 상처에 대해 모두 잊고 나를 공격한 상대를 용서했다는 건 아니오. 오히려 나는 받은 만큼 돌려줘야 한다고 생각했고 내 힘이 닿는 한 그렇게 하려고 했소. 그건 조잡하고 째째한 원한 때문이 아니라 카르마 때문이었소.

이해하기 쉽도록 설명해보겠소. 어느 날 나는 경기 중에 덩치 큰 녀석에게 등을 받혔소. 그 덩치는 내가 뒤돌아 있을 때 달려와 내 등에 몸통 박치기를 날렸소. 나는 등뼈가 부러지는 것 같은 충격을 받았고 10분 동안 일어나지 못했소. 혹여나 싶어 말하지만, 나는 결코 엄살을 부리는 사람이 아니오. 언젠가

는 상대의 스터드에 밟혀 발등뼈가 부러졌는데 끝까지 뛴 적
도 있소. 내게 몸통 박치기를 날린 건 도축업자처럼 생긴 녀석
이었는데 알고 보니 직업이 의사더군. 녀석이 나를 공격한 건
아마 내가 그전에 그쪽 선수의 공을 멋지게 뺏었기 때문일 거
요. 그 자식은 넘어진 내 위에 다리를 벌리고 서서 말했소. 눈
이 마주쳤다니까? 이 사람이 내 앞에 와서 길을 막은 거야. 그
래서 몸이 부딪힌 거라고. 나는 그 비열한 자식에게 복수를 하
고 싶었지만 그럴 기회는 끝내 찾아오지 않았소.

　대신 그 자식은 2년 뒤에 어떤 속기사의 태클에 걸려 넘어
지면서 발목이 부러졌소. 인과응보지. 나는 그 이야기를 우연
히 전해 들었소. 그리고 그 속기사는 언젠가 몸싸움 중 어떤
선원에게 턱을 얻어맞은 적이 있었소. 선원은 또 언젠가 한 교
사에게 옆구리를 걷어차인 적이 있고. 교사는 한 요리사에게
밀려 넘어지면서 무릎 연골이 찢어졌소. 요리사는 한 대학생
의 축구화에 허벅지 살점이 파였소. 대학생은 한 경찰과 공을
다투다 이가 부러졌고 경찰은 공중에서 어떤 실업자의 머리에
턱을 찧었소. 실업자는 우편배달부의 이마에 부딪히며 눈두덩
이가 찢어졌고 우편배달부는 화가와 부딪히며 코뼈가 부러졌
소. 화가는 변호사에게 발이 걸려 넘어지며 손목을 삐었고 나
는 그 변호사의 발목을 걷어차서 그가 반년 동안 축구를 못 하
게 만들었소. 물론 이 일이 순서대로 일어난 건 아니오. 그저

나중에 돌이켜 보니 그런 일들이 일어났던 것뿐이지.

축구 안에서 우리는 폭력과 부상으로 맺어진 동맹이었소. 내가 누군가를 때리면 다른 누군가가 나타나 나를 때렸소. 그 둘이 꼭 같은 사람일 필요는 없었지. 이곳에서 폭력은 끝없이 순환했으니까. 그러니 누군가를 다치게 했다고 마음 아파할 필요도 없었고 누군가 내게 상처를 줬다고 미워할 필요도 없었소. 결국 모든 건 되돌아오게 돼 있었고, 우리는 이 섭리가 제대로 작동하기 위한 도구나 마찬가지였던 거요.

이것이 바로 축구의 카르마요. 그리고 이 카르마는 끝없이 0에 수렴하지. 이 세계에는 가해자도 피해자도 없소. 누군가 부상을 입는다면 그건 언젠가 그가 저지른 폭력이 돌아온 것이거나 미래에 저지를 폭력이 시간을 거슬러 돌아온 것일 따름이었소. 만약 어딘가 문제가 생겨서 그 균형이 무너지고 누군가 저지른 만큼 당하지 않았다면 이 세계는 무너졌을 거요.

남자는 다시 한번 버스가 오는지 쳐다봤다. 그가 기다리는 버스는 이틀째 오지 않고 있었다.

어쩌면 허무가 이 세계에 닥친 것이 그 때문일지도 모르지. 벌을 받아야 할 사람이 벌을 받지 않았기 때문에. 그가 벌을 받도록 하기 위해 다른 모든 사람이 그와 함께 벌을 받게 된 거라고나 할까.

악마는 켄을 시험했다

켄이 잠시 쉬기 위해 길가의 바위에 걸터앉아 있는데 한 남자가 다가왔다. 켄은 남자가 바로 옆에 올 때까지도 누군가 근처에 있다는 걸 알지 못했다. 남자가 입은 검은 옷은 먼지와 얼룩 때문에 거의 잿빛으로 보였다. 남자는 웃는 얼굴로 켄에게 지금 어디로 가는 거냐고 물었다. 켄이 여행 중이라고 대답하자 혹시 다른 사람들처럼 죽을 때까지 어디론가 계속 가는 중인 거냐고 물었다. 축구를 하기 위해서 여행을 하는 거라고 대답하자 남자는 이런 세상에서 굳이 축구를 하기 위해 여행을 하는 이유가 무엇인지, 예전에 축구를 곧잘 했는지, 축구는 얼마나 잘하는지를 물었다. 그래서 켄은 자신이 꾼 꿈 이야기를 했고, 축구를 할 수 있는 방법이라고는 이렇게 세상을 떠돌아다니면서 축구를 하는 사람들을 찾는 것밖에 없고, 젊었을 때는 축구를 자주 했었지만 언젠가부터 하지 않게 됐는데 그건 허무가 찾아온 것과는 상관없는 일이고, 그다지 잘하는 건 아니라고 대답했다. 축구를 한 다음에는 어떻게 될 것 같으냐고 묻기에 그다음은 잘 모르겠다고 대답하자 남자는 벌떡 일어나더니 자기가 축구를 조금 할 줄 아는데 같이 해주겠다고 했다. 그리고 마침 조금만 가면 평평한 풀밭이 있으니 거기에서 축구를 하면 된다고 말했다.

남자를 따라 덤불숲을 지나자 정말로 축구를 하기 딱 좋은 평지가 나타났다. 풀도 적당히 짧았고 양쪽에는 마치 골대처럼 흰 말뚝 같은 것이 박혀 있기까지 했다.

남자는 축구를 하려면 우선 그럴듯한 공이 필요한데 켄의 공은 너무 볼품없으니 자기 공으로 하자고 했다. 그는 켄의 낡은 공을 뺏다시피 가져가서 멀리 차버리고는 표면에 윤기가 도는 흰 공을 꺼냈다.

남자는 풀밭에 공을 내려놓고는 우선 자기 공을 뺏어보라고 했다. 켄이 어깨로 남자의 몸을 조금 밀어보려고 했지만 남자는 꼼짝도 하지 않았다. 다음에는 발을 뻗어 공을 뺏으려고 했지만 남자는 그때마다 힘들이지 않고 공을 켄에게서 먼 쪽으로 따돌렸다. 켄이 공을 건드려보지도 못하고 지칠 때쯤 남자는 이번에는 자기가 뺏어볼 테니 공을 지켜보라고 했다. 켄이 남자를 등지고 공을 지키려 하자 남자는 켄의 몸을 슬쩍 밀면서 공을 빼갔다. 몇 번을 해봐도 마찬가지였다. 마치 남자의 발에 공을 끌어당기는 자석이라도 달린 것 같았다.

남자는 이번에는 공을 다루는 기술을 보여주겠다면서 하늘 높이 공을 차 올렸다가 떨어지는 공을 발끝으로 부드럽게 받아냈다. 남자는 또 공을 발로 퉁기며 제자리에서 뛰거나 돌거나 하는 묘기를 보였는데 그중 켄이 비슷하게라도 흉내 낼 수 있는 건 하나도 없었다. 남자는 공을 차서 백 걸음 떨어진 나무를 맞히고 그 공이 다시 돌아오게 할 수 있었다. 남자는 자기가 켄보다 더 빨리, 더 오래, 더 높이 뛸 수 있고, 더 멀리, 더 강하게, 더 정확하게 공을 찰 수 있다고 말했고 실제로도 그랬다.

마지막으로 남자는 자기가 막아볼 테니 페널티킥을 차보라고 했다. 남자는 켄이 찬 열 개의 슛을 힘들이지 않고 모두 막았다. 반대로 켄은 남자가 가볍게 찬 공을 한 개도 막을 수 없었다.

남자는 축구를 해보니 어떤 생각이 드느냐고 물었다. 켄은 지금까지 한 건 공을 갖고 연습한 것뿐이지 진짜 축구는 아니라고 대답했다. 그러면 진짜 축구가 뭐냐고 남자가 물어서 켄은 그건 열한 명이 한 팀이 돼서 상대와 겨루는 거라고 대답했다. 남자는 켄이 축구로는 자기를 결코 이길 수 없다고 말했다. 켄은 그 말이 맞지만 축구는 열한 명이 하는 경기니까 내가 진다고 꼭 우리 팀이 지는 건 아니라고 대답했다. 남자는 그러면 자기와 똑같은 친구 열 명과 켄과 똑같은 친구 열 명을 불러서 둘이 시합을 하면 자기 팀이 이길 게 분명하지 않느냐고 했다. 어느덧 남자의 뒤에는 그와 비슷하게 생긴 사람들이 서 있었다. 켄의 주위에도 켄과 비슷한 사람들이 다가왔다. 그들은 처음에 남자를 만났을 때 그랬던 것처럼 소리 없이 나타났다. 남자는 자기 친구들이 켄의 친구들의 공을 모두 빼앗을 것이고, 켄의 친구들은 자기 친구들을 한 번도 저지하지 못할 것이고, 켄의 골키퍼는 자기 친구의 슛을 하나도 막지 못할 테니 그런 경기는 해보지 않아도 뻔한 게 아니냐고 물었다. 켄은 당신의 말이 맞지만 축구를 할 수 있다면 이기고 지는 건 별로 중요한 문제가 아니라고 대답했다. 남자가 그러면 지는 게 분명한데도 그런 경기를 할 거냐고 물어서 켄은 자신이 원하는 것은 축구를 하는 것이지 이기는 것이 아니기 때문에 그런 건 축구를 포기할 이유가 되지 못한다고 대답했다. 마지막 말을 들은 남자는 마치 가면을 벗듯 웃음을 거두고는 다른 사람들과 함께 사라졌다.

남자가 사라진 뒤에 켄은 남자가 차버린 공을 찾기 위해 숲에 들어갔다. 거기에는 나뭇가지에 목을 매거나 나무에 기댄 채 앉아 있는 사람들이 있었다. 모두 아까 그 남자가 불러낸 사람들과 닮아 보였다. 남자가 꺼낸 윤기 나는 흰 공과 같은 것도 보였는데 그건 사람의 해골이었다.

켄은 덤불 속에서 공을 찾아서 숲을 빠져나왔다. 다시 길에 오른 그는 걷기 시작했다. 그는 점점 빨리 걷고, 그러다 달리기 시작했다.

박사의 진실

제 환자 중에 이런 사람이 있었습니다. 편의상 그를 박사라고 부르겠습니다.

대학에서 문화와 기호학을 연구하고 강의하던 박사는 만성적이고 돌발적인 우울증 발작으로 오랫동안 고통받았습니다. 그의 우울증의 특징은 주로 주말이 지난 후에 갑자기 찾아온다는 것이었습니다. 직장인들이 흔히 겪는 월요병과는 다른 것이었습니다. 그 우울증은 방학에도, 안식년에도 찾아왔으니까요. 저는 박사에게 혹시 어렸을 때에 주말과 관련된 특별한 에피소드가 있었는지, 그중에서도 특히 보상이나 처벌에 관련된 기억이 있는지 알아보려 했지만 소득은 없었습니다. 박사는 지적인 사람으로 늘 책을 읽었고 대인 관계도 나쁘지 않아 친구들과 함께 있을 때는 농담도 즐겨 했습니다. 신앙심이 두텁지는 않았지만 지오토의 그림에는 열광했고 모든 종류의 스포츠를 경멸하다시피 했지만 저녁 산책을 거르는 일은 드물었습니다.

도무지 문제를 찾을 수 없었던 저는 탐정처럼 박사가 주말에 누구를 만나 어디서 어떤 음식을 먹고 어떤 이야기를 했는지 등을 시시콜콜하게 조사하기도 했습니다. 그가 주말에 겪는 에피소드 중에 우울증을 유발하는 요소가 있다고 생각했기 때문입니다. 하지만 단서가 될 만한 것은 찾을 수 없었습니다.

저는 박사의 우울증을 이해할 수 없었습니다. 주말이 지난 뒤에 기분이 어떻게 변할지는 순전히 우연에 달린 것 같았습니다. 그리고 그런 변화가 주말에만 나타나는 것도 아니어서 어떤 때는 주중에, 이를테면 목요일에 나타나기도 했습니다. 게다가 기분의 변화는 마치 계절과 연관 있다는 듯이 한여름에는 깨끗이 사라졌습니다.

어디서도 단서를 못 찾은 저는 주말 동안 박사와 동행하며 그의 모든 행동을 관찰하기로 마음먹었습니다.

금요일에 박사는 연구실에 나와 학부생들의 리포트를 검토하고 강의를 준비하고 교수 회의에 참석하고 다음 책을 위한 자료를 정리했습니다. 토요일에는 카페에서 점심을 먹고 책을 조금 읽은 뒤 오후에 아내와 함께 강변을 산책했습니다. 집에서 저녁을 먹은 그는 자기 방에 가서 라디오를 켜고 글을 쓰기 시작했습니다. 밤 10시가 되자 음악 프로그램이 끝나고 스포츠 뉴스가 흘러나왔습니다. 11시에 쓰던 글을 정리하고 안경을 벗은 그는 저에게 감정의 변화가 있다고, 방금 갑자기 몹시 우울해졌다고 말했습니다.

저는 짚이는 것이 있어 박사에게 혹시 축구를 좋아하느냐고 물었습니다. 박사는 자신은 평생 축구를 해본 적도 없고 축구장에 가본 적도 없다고 대답했습니다. 저는 이번에는 혹시 아스널이라는 팀을 아는지 물었습니다. 박사는 들어본 적은 있는 것 같다고 대답했습니다. 제가 박사님은 아스널의 팬이 아니냐고 묻자 그는 어이없다는 듯 웃음을 터뜨렸습니다. 잠시 뒤에 그의 얼굴에서 점차 웃음이 사라지더니 마침내 몹시 놀란 얼굴이 됐습니다.

주방에서 가져온 최고급 와인을 마시면서 우리는 우울증의 원인이 바로 아스널이었다는 것, 박사는 아스널의 팬이었다는 것, 까마득히 오래전에 잡지 속의 사진 한 장을 본 이후로 계속 그랬다는 것, 그 사실을 잊고 살아왔다는 것, 아스널이 지면 우울해지고 이기면 의기양양해졌다는 것, 비시즌인 5월에서 8월 사이에만 이 미친 짓을 그만둘 수 있었다는 것, 모든 스포츠, 그중에서 특히 축구를 야만적이라고 비판해온 것은 실은 양가감정의 발현이었다는 것, 박사 안에 그토록 단순하고 천진한 마음이 여전히 남아 있다는 것 등을 두서없이 이야기했습니다.

나중에 박사는 아스널의 경기를 보기 위해 아내와 함께 런던으로 갔습니다. 그리고 경기장에서 제 진단이 맞았다는 것을 확인했습니다. 자신이 아스널의 정신적 노예라는 사실을요.

이것으로 이야기도 진찰도 다 끝났습니다. 당신은 믿을 수 없을 정도로 건강하군요. 관절도 아무 문제 없습니다. 세상 끝까지 갔다 와도 끄떡없을 겁니다. 하지만 도보 여행을 계속하는 건 말리고 싶군요. 나이를 생각해야 하니까요. 그래도 여행을 계속하겠다면 식사와 위생에 조금 더 신경을 쓰세요. 항상 긍정적으로 생각하시고요. 행운을 빕니다.

조지 릭스비에게 공이 돌아왔다

우편배달부는 자전거를 멈추고 켄과 그의 공을 번갈아 쳐다봤다. 그가 공에 관심을 보이는 것 같아서 켄은 우편배달부에게 혹시 축구를 할 줄 아느냐고 물었다. 그는 예전에는 했지만 이제는 하지 않는다고 대답했다. 켄은 자기는 축구를 하기 위해 여행을 다니는 중이라고 말했다. 우편배달부는 아쉽지만 이 마을에는 이제 축구를 하는 사람은 어디에도 없다고 대답했다. 그는 그렇게 말하고도 바로 떠나지 않고 켄의 앞에 머물러 있었다. 무슨 할 말이 있는 것도 같아서 켄은 혹시 바쁘지 않으면 이야기를 좀더 할 수 있겠느냐고 물었다. 우편배달부는 켄에게 혹시 묵을 곳이 없으면 자기 집에 가자고 했다.

우편배달부는 자기 이름이 조지 릭스비라고 했다. 조지는 작은 아파트에 혼자 살았다. 조지의 식탁 한쪽에는 의자가 식탁에 바짝 붙어 있고 식탁과 의자 사이에 축구공이 살짝 끼워져 있었다. 그러고 있으니 마치 식사에 초대받은 손님 같았다. 공은 낡았지만 깨끗하게 닦여 있었고 가죽에는 희미하게 씌어진 글자가 보였다. 켄은 그 공에 대해 묻고 싶었지만 조지가 먼저 말을 꺼내기를 기다렸다. 조지가 자신을 초대한 건 그 때문인 것 같았다.

둘은 즉석식품을 데워 저녁을 먹었다. 조지는 이런 것밖에 없어서 미안하다고 했고 켄은 아주 맛있는 저녁이었다고 대답했다. 사실이었다. 그건 켄이 며칠 만에 먹은 따뜻한 식사였다. 저녁을 먹는 동안 공은 식탁 한쪽에 자리를 차지하고 있었다.

식사를 마친 뒤 조지는 자신의 공에 대해 이야기하기 시작했다.

어린 조지의 보물 1호는 축구공이었다. 그건 아버지에게 받은 생일 선물이었는데 조지가 아버지에 대해 기억하는 것이라고는 가끔 아버지가 만들어주곤 하던 고기파이와 그 축구공이 전부였다. 어느 날 탄광의 갱도가 무너졌다는 소식이 마을을 덮쳤다. 조지의 아버지도 갱도 안에 있었고 그도 다른 사람들처럼 끝내 돌아오지 않았다. 엄마와 함께 이모의 집으로 이사를 한 조지는 늘 공을 품에 안고 잠들었다. 공에는 '달려라 조지'라고 씌어져 있었다. 아버지의 글씨였다.

조지가 공을 잃어버린 날은 안개가 짙게 끼어 있었다. 학교에서 돌아온 조지는 창고 뒤의 공터에서 벽을 향해 혼자 공을 차며 놀았다. 그날 그는 이런저런 것에 화가 나 있었다. 이를테면 툭하면 자기를 괴롭히는 학교의 덩치에게, 사소한 꼬투리를 잡아 꾸짖는 선생에게, 늘 잔소리를 하는 이모에게, 두 달째 집에 돌아오지 않는 어머니에게, 말도 없이 사라진 아버지에게. 그는 이 모든 것을 하나씩 원망하며 벽을 향해 공을 찼다. 공은 벽에 맞는 소리를 내고는 힘없이 되돌아왔다. 그러다 어느 순간 공이 벽에 맞는 소리가 들리지 않았고 공도 돌아오지 않았다. 조지는 안개 속을 더듬으며 공을 찾았지만 공은 보이지 않았다. 한숨도 못 자고 다음 날 아침에 안개가 걷힌 뒤에 다시 가봐도 마찬가지였다. 조지는 공을 잃어버렸다는 사실을 아무에게도 말하지 않았다. 그리고 밤마다 이불을 뒤집어쓰고 훌쩍거렸다. 그는 공이 없어진 게 자신이 나쁜 마음을 먹었기 때문이라고 생각했다.

어른이 된 조지는 우체국에 취직했다. 우체국 동료들과 축구를 하는 것, 함께 경기장에 가서 큰 소리로 응원가를 부른 뒤 돌아오는 길에 펍에서 맥주를 마시는 것이 그의 즐거움이었다. 그리고 한 여자를 만났다. 편지를 지독하게 많이 쓰는 여자였다. 그는 그 여자와 결혼했다. 여섯 달 만에 아들이 태어났는데 아이의 아버지는 여자가 편지를 보내던, 그러나 단

한 번도 답장을 하지 않던 그 남자일 거라고 조지는 생각했다. 그래도 조지는 아이를 자신의 아들로 여겼고 아들이 크면 축구공을 선물하리라 다짐했다. 예전에 아버지가 그랬던 것처럼.

그러나 삶은 그가 원하는 대로 흘러가지 않았다. 그는 아내와 이혼하면서 집도, 아이의 양육권도 빼앗겼다. 매달 보내는 집세와 양육비를 빼고 나면 그의 수입으로 얻을 수 있는 집은 허름한 독신자 숙소밖에 없었다. 그에게 남은 유일한 위안은 일주일에 한 번 우체국 동료들과 하는 축구뿐이었다.

그러던 어느 날 조지는 자신의 인생이 살 만한 가치가 없다는 생각에 이르렀다. 허무가 찾아오기 훨씬 전의 일이었다. 그가 생각하기에 이 모든 일은 안개 낀 그날 아버지의 공을 잃어버린 일로부터 시작된 것 같았다. 그 일은 자신의 잘못에서 비롯한 것이었고 이제는 돌이킬 수 없었다. 더 받아야 할 벌이 남아 있단 말인가. 만약 그런 벌이 남아 있다면 미리 받는다고 해서 나쁠 것도 없을 것 같았다. 그는 자신의 인생을 끝내기로 마음먹었다. 조지는 날짜를 정했다. 우체국 동료들과의 축구 시합이 잡힌 날이었고 또 마침 그의 생일이었다. 그는 축구 경기를 끝내고 집에 돌아와 그 일을 하기로 마음먹었다.

그날 조지의 포지션은 오른쪽 풀백이었다. 경기장에는 오래전 그가 공을 잃어버렸던 그날처럼 안개가 짙게 끼어 있었

다. 하프라인에서 골대가 제대로 보이지 않을 정도였다. 조지
는 생각에 빠져 있다가 자신에게 오는 공을 놓쳐버렸다. 터치
라인 밖으로 나가버린 공을 주우러 조지는 경기장 밖으로 나
갔다. 공은 풀숲에 숨어 있었다. 공을 안고 경기장으로 돌아오
던 조지는 공이 바뀌었다는 걸 알아차렸다. 방금 전까지 그가
차던 공은 반짝이는 새 공이었는데 지금 그가 안고 있는 공은
아주 낡고 더러웠다. 그리고 '달려라 조지'라는 글씨가 씌어져
있었다. 눈에 익은 글씨체였다.

켄은 수화기 너머의 편집자에게 이렇게 덧붙였다.

동료들은 조지가 사라진 걸 경기가 끝나고서야 알아차렸습
니다. 안개 때문이었죠. 그들은 조지의 집으로 몰려갔습니다.
경기 중에 갑자기 사라졌다고 따지기 위해서가 아니라, 물론
그 이유도 있었겠지만, 사실은 그에게는 비밀로 하고 생일을
축하해주기로 자기들끼리 약속해놓았기 때문이었습니다. 그
들이 각자 준비한 선물을 들고 조지의 아파트 문을 열었을 때
조지는 초를 밝힌 식탁의 한쪽에 앉아 있었습니다. 식탁 위에
는 그가 자신의 모든 솜씨를 발휘해서 만들었음이 분명한 고
기파이에서 김이 피어오르고 있었고 맞은편 의자에는 아주 낡
은 축구공이 놓여 있었습니다.

두 바보 이야기

그 바보들의 이름은 필과 제이크였습니다. 그들은 아홉 살때 교실에서 처음 만났는데 첫눈에 상대가 인생 최대의 숙적이 될 걸 알아봤죠. 둘은 싸웠습니다. 보통은 싸우고 난 다음에 우정이 싹트지만 그들은 그렇지 않았습니다.

둘은 자라온 배경이 전혀 달랐습니다. 필의 아버지는 변호사였는데 메리레인에 있는 3층 집에 살았고 아버지의 사무실에는 직원 50명이 있었습니다. 반면 제이크의 아버지는 공장에서 3교대로 일했고 그들의 집은 한 동에 50세대가 사는 아파트였습니다. 필은 제이크를 무식한 깡패라고 부르고 제이크는 필을 재수 없는 새끼라고 불렀습니다. 둘은 건수만 생기면 서로에게 시비를 걸었고 걸려 온 시비를 그냥 모른 척하고 넘어가는 일도 없었습니다.

그런데 어느 날 이상한 일이 일어났습니다. 철천지원수 같았던 이 두 녀석의 사이가 갑자기 좋아진 겁니다. 그렇게 된 계기는 제이크가 입고 온 낡아빠진 셔츠였습니다. 그 셔츠에는 녹색과 노란색의 세로 줄무늬가 있었는데 그걸 입으니 꼭 광대 견습생처럼 보였고 그래서 우리는 그를 놀렸습니다. 딱 한 명, 필만 빼고요. 필은 쉬는 시간에 제이크에게 가서 그린로버스를 아느냐고 물었습니다. 그리고 자기는 모브릭 워터하우스의 사인을 받았다고 했죠. 그러자 제이크가 모비는 자기 아빠 친구이고 지난주에도 아빠가 모비와 함께 술 마실 때 옆에 앉아 있었다고 했죠. 그때 제이크가 얼마나 으스댔는지, 필이 제이크를 얼마나 부럽게 쳐다봤는지 당신은 상상도 못 할 겁니다. 그렇게 해서 두 달 동안 으르렁대던 둘은 한 시간도 안 돼 피를 나눈 형제보다 더 가까운 사이가 됐습니다.

그날 이후로 이 바보들은 수업 시간에도 쉬는 시간에도 늘 붙어 있었고 수업이 끝난 뒤에는 함께 거리를 어슬렁거렸습니다. 둘 사이의 화제는 늘 축구였고 그것도 그린로버스라 불리는 구제불능의 팀이었습니다. 둘은 수업 시간에도 수없이 쪽지를 주고받았습니다. 우리 반에 프랑스에서 살다 온 마음 약한 애가 하나 있었는데 한번은 그 애가 실수로 그 쪽지를 펴봤다가 갑자기 울음을 터뜨렸습니다. 거기에 '그 비열한 프랑스 놈은 한번 단단히 혼나봐야 해'라고 씌어져 있었기 때문이죠. 교장실에 불려 간 제이크와 필은 자기들이 쪽지에 적은 프랑스 놈은 그 불쌍한 동급생이 아니라 올해 그린로버스에 새로 들어온 프랑스 선수를 말하는 것인데 그는 입단 당시 부상을 숨긴 비열한 놈이기 때문에 호된 꼴을 당해야 한다고 말했습니다. 둘은 급우를 괴롭히려 했다는 혐의는 벗었지만 수업 시간에 축구 이야기를 한 벌로 방과 후에 교실에 남아 반성문을 써야 했습니다.

상급 학교에 진학한 뒤에도 그들은 꾸준히 만났습니다. 다니는 학교도 다르고 사귀는 친구도 달랐지만요. 학교를 졸업한 뒤 필은 변호사가 돼 아버지와 함께 일했고 그즈음에는 제이크도 아버지와 함께 공장에서 일하고 있었습니다. 그래도 둘은 꾸준히 만나 학창 시절의 대화를 계속했습니다. 어떤 사람들은 둘이 그렇고 그런 사이가 아니냐고 의심하기도 했지만 그들은 아랑곳하지 않았습니다. 둘은 세상 누구보다 가까웠고 이들을 갈라놓을 수 있는 건 아무것도 없는 것 같았으니까요.

하지만 있더군요. 여자였습니다.

어느 날 둘이 만나는 자리에 제이크가 여자를 데려왔습니다. 여자의 이름은 소냐였는데 제이크는 소냐를 보자마자 이 여자와 결혼해야겠다고 생각했다고 말했죠. 문제는 필도 똑같은 생각을 했다는 것입니다.

결국 소냐가 선택한 건 필이었습니다. 제이크는 결혼식에 오지도 않았죠. 신혼여행에서 돌아온 필은 소냐와 함께 큰 도시로 떠났습니다. 어느 회사의 법률 자문팀에서 일하게 됐다나요. 친구와 연인을 동시에 잃은 제이크는 최악의 시절을 보내야 했습니다. 그린로버스가 외국 기업에 팔리면서 모든 것이 바뀌었습니다. 이제 그린로버스는 사라지고 그 자리에 레드브릭스라는 팀이 세워졌습니다. 가을에는 공장이 문을 닫기까지 했습니다. 제이크가 버스 회사에 취직해 새 직업을 찾는데는 2년이 넘게 걸렸습니다.

몇 년 뒤에 필이 제이크에게 연락을 해 왔습니다. 그래서 제이크는 둘이 함께 다니던 술집에 갔습니다. 필은 한눈에 보기에도 고급스러운 빨간 목도리를 두르고는 지금 손님이 앉아 있는 바로 그 의자에 앉아 있었습니다. 제이크가 목도리를 보고 너도 배신자 중 하나냐고 인사 대신 시비를 걸었죠. 예전 같으면 웃기지 말라고 대답했을 텐데 필은 그냥 백화점에서 산 것일 뿐이고 레드브릭스와는 상관없다면서 슬그머니 목도리를 풀더군요. 둘은 새로 생긴 이발소나 없어진 술집, 공터에 새로 들어오는 호텔 따위에 대해서 얘기하다가 본론으로 들어갔죠. 이번에도 제이크가 시비를 걸었어요. 변호사 나리께서 자기 같은 떨거지 노동자한테 무슨 볼일이냐고 물었죠. 어떤 꼬라지로 사는지 보고 싶어서? 그래서 집에 돌아가서 네 마누라와 함께, 아니 이거 미안하구만, 네 부인과 함께 그 뭐냐, 샴페인이라도 마시면서 비웃어주려고? 여보 오늘 내가 누굴 만났는지 알아? 내 옛 친구 제이크 말야, 당신도 기억하지? 오 여보. 그 불쌍한 남자는 잘 살고 있어요? 응. 잘 살고 있더군. 술독에 빠져서 말이야. 어머 어머…… 말릴 틈도 없이 변호사의 주먹이 노동자의 턱을 후려쳤고 잠시 뒤엔 쓰러진 노동자가 일어나 변호사의 턱에 똑같은 걸 돌려줬습니다. 둘은 잠시 노려보다 서로 때린 걸 사과하고 다시 자리에 앉아 술을 마시기 시작했죠.

이번에는 필이 말을 꺼냈습니다. 3개월 전에 이혼했다더군요. 그 말을 들은 제이크가 그러라고 소녀를 소개시켜준 건 줄 아느냐고 하자 필은 그 여자는 원래 그런 여자였다고 대답했습니다. 이번에는 제이크가 먼저 필을 때렸습니다. 그리고 한 대로 끝나지 않았죠. 필도 가만히 당하고 있지만은 않았고요. 결국 주위 사람들이 나서서 둘을 뜯어 말렸습니다. 둘 다 얼굴 꼴이 말이 아니었기 때문에 얼음 통을 가져다줘야 했죠. 그날 밤 둘은 술을 조금 더 마셨는데 더 이상 싸우지는 않았습니다.

필이 다시 이 도시로 돌아와 사무실을 낸 뒤 둘은 이 술집에서 곧잘 만났습니다. 만나서 하는 거라고는 늘 축구 얘기였죠. 이제 그들이 사랑한 팀은 더 이상 이 세상에 없었지만요.

이 이야기는 아직 끝이 아닙니다. 나중에 이 바보들이 무슨 짓을 했는지 아십니까? 레드브릭스의 홈경기가 있는 날에 함께 경기장에 간 겁니다. 응원을 하러 간 건 아니었어요. 이 바보들은 화장실에 들어가서는 준비해 간 옷으로 갈아입고 얼굴에 물감을 칠했습니다.

그날 경기장은 레드브릭스의 유니폼인 붉은 셔츠를 입고 붉은 머플러를 두른 관중들로 가득 차 있었습니다. 그런데 그 사람들 속에 유독 눈에 띄는 두 사람이 있었습니다. 그들은 녹색, 노란색의 줄무늬 옷을 입고 어깨동무를 하고 그린로버스 시절의 응원가를 부르고 있었죠. 한 놈은 녹색, 다른 놈은 노란색으로 얼굴을 칠했고요. 누구인지 말하지 않아도 아시겠죠.

내 얘기는 이것으로 끝입니다. 그리고 이건 그 불쌍한 놈들 이야기를 들어준 당신에게 제가 사는 겁니다.

축구공의 장인

켄이 길가에 앉아 쉬고 있는데 키가 크고 배가 나온 남자가 식료품 봉지를 들고 가다 걸음을 멈췄다. 남자는 켄과 그의 공을 번갈아 쳐다보더니 수염을 한 번 쓸어내린 다음 공을 잠깐 봐도 좋겠냐고 물었다. 켄이 공을 건네주자 남자는 손에 든 것을 내려놓고 마치 깨지기 쉬운 유리 공예품이라도 되는 듯 공을 두 손으로 조심스레 받아 들었다. 그는 주머니에서 안경을 꺼내 공의 표면을 샅샅이 훑어본 다음 흔들어서 소리를 들어보기도 하고 바닥에 몇 번 튕겨보기도 했다. 그는 공을 돌려주면서 그걸 갖고 뭐 하는 거냐고 물었다. 켄은 여행을 하는 이유에 대해 말했다. 남자는 다시 한번 수염을 쓰다듬고 한참 동안 생각하더니 켄에게 따라오라고 했다.

남자는 자신을 축구공의 장인이라고 했다. 장인이 켄을 데려간 곳은 마당이 딸린 창고 같은 곳이었는데 그는 그곳을 작업장이라고 불렀다. 과연 창고 안에는 축구공이 많이 있었다. 일부는 완성된 것이었고 일부는 만드는 중인 것 같았다. 켄은 허무가 찾아온 뒤로는 물론이거니와 그전에도 이렇게 축구공이 많이 있는 걸 한 번도 본 적이 없었다.

장인은 차를 끓여서 켄에게 마시라고 준 뒤 축구공에 대해 강의를 하기 시작했다.

최초의 공은 돼지 방광이었습니다. 그건 아무리 세게 차도 공중에서 갑자기 꿈틀거리며 방향을 바꾸기 일쑤였습니다. 오줌 냄새 때문에 헤더는 꿈도 꿀 수 없었고 정교한 컨트롤과 벼락 같은 슛도 소용없었습니다. 방광은 모든 정교한 컨트롤을 헛발질로 만들어버렸습니다. 어느 날 한 영국인이 한 손에는 고무 용해제를, 다른 한 손에는 가황 기법이 적힌 설명서를 들고 세상에 나타났습니다. 그러자 고무공이 탄생했습니다. 고무공은 세상에 태어난 그날부터 축구에 관한 모든 것을 바꿔버렸습니다. 치즈 덩어리, 혹은 찌그러진 자두처럼 생긴 공이 점차 완전한 구를 닮아가기 시작했습니다. 선수들의 이마를 찢어대던 가죽 솔기도 사라졌습니다. 고무공의 진화는 계속됐습니다. 우리가 아는 축구공의 전통적인 이미지인 스무 개의 흰 육각형과 여섯 개의 검은 오각형으로 이루어진 구체는 1970년에 만들어졌습니다. 현대에 이르러 천연 가죽 대신 인조 가죽으로 축구공을 만들게 되면서 공은 더 빠르고 더 날카

롭고 더 현란하게 흔들리며 공기 속을 날아갈 수 있게 됐습니다. 이제 공은 다시 예전처럼 예측할 수 없는 방향으로 날아가게 됐습니다. 최초의 축구공이었던 돼지 방광처럼요.

장인은 켄의 공을 들어 올렸다. 이 공은 죽어가고 있습니다. 그 말이 무슨 뜻이냐고 묻자 장인은 켄의 공은 공으로서 할 일을 다 했으며 앞으로 이 공으로는 축구를 할 수 없다는 뜻이라고 했다. 장인은 자신의 말을 증명하기 위해 공에 바람을 불어 넣은 다음 굴려보았다. 공은 똑바로 굴러가지 못하고 뒤뚱거리다 중간에 맥이 빠진 듯 멈춰버렸다. 보십시오. 저런 공으로 어떻게 축구를 할 수 있겠습니까? 그럼 어떻게 하죠? 우선 공의 장례식을 치릅시다. 그다음 당신에게 새 공을 드리겠습니다.

장인은 마당에 나가 켄의 공에 기름을 붓고 불을 붙였다. 공이 타는 동안 장인은 낮고 굵은 목소리로 올드 랭 사인을 불렀다. 노래에는 음조가 없었다. 있었다고 해도 알아들을 수 없었을 것이다. 세상에서 음악이, 아름다움이 사라졌다는 것을 켄은 다시 한번 느꼈다. 다만 분위기는 경건했다. 불꽃은 공을 검게 태우며 속에 감춰진 실밥과 고무 주머니를 드러냈다. 켄은 불타는 공을 보며 웬일인지 에이미를 떠올렸다. 노래를 끝낸 장인은 켄의 어깨에 손을 올리고 공이 다 타고 불이 꺼질 때까지 그대로 있었다.

장인은 창고에서 공이 가득 든 바구니를 하나 가져왔다. 이게 그의 작업장에서 가장 최근에 만든 공인데 그중에서 괜찮은 것으로 골라 주겠다고 했다. 그는 제일 위에 있는 공을 집어 들더니 고개를 갸우뚱한 다음 한쪽으로 치웠다. 그다음 공은 바닥에 한 번 튕겨본 다음 고개를 저었다. 세번째 공은 뭔가 의심스러운 듯 세 번이나 튕겨보고 역시 퇴짜를 놓았다. 네번째 공은 튕겨보지도 않고 멀리 던져버렸다. 켄이 보기에는 다 괜찮은 공인 것 같았다.

다섯번째 공은 잠시 어루만지다 땅에 가볍게 두어 번 튕겨보고 발등으로 몇 번 저글링을 한 다음 마당 반대쪽을 향해 가볍게 찼다. 공은 부드러운 곡선을 그리며 날아갔다. 켄이 보기에 그 공은 다른 공보다 나아 보였다. 장인도 만족한 것 같았다. 그래도 그는 멈추지 않고 바구니에서 다음 공을 꺼냈다.

켄은 장인에게 공을 고르는 기준이 뭔지 물었다. 장인은 수염 끝을 한 번 쓰다듬고는 엄숙한 얼굴로 공은 여자와 같다고 말했다. 제 말이 이상하게 들리시겠죠. 하지만 사실입니다. 사람들은 공을 여성형으로 불렀습니다. 왜냐면 공이 말을 듣지 않고 곧잘 변덕을 부리기 때문이었죠. 하지만 내가 말하는 건 그런 의미가 아닙니다. 당신도 예전에 누군가를 사랑해봤다면 잘 알 겁니다. 완벽한 상대만이 한 사람을 진짜 자기 자신으로 만들어준다는 것을요. 그런 사람을 현실에서는 만날 수 없다 해도 어딘가에 있다고 믿을 수는 있지 않을까요. 장인은 공을 하나 꺼내 멀리 찼다. 공은 힘없이 날아가다 떨어졌다. 다음 공도 마찬가지였다. 이런 형편없는 공들 사이에 나만을 위한 완벽한 공이 하나 있는 것처럼 말입니다.

바구니 안에 공은 많았지만 장인이 골라낸 건 세 개밖에 되지 않았다. 켄은 그중에서 마음에 드는 공을 하나 골랐다. 그공은 다른 공과는 어딘가 달라 보였다. 장인은 사람은 자신에게 어울리는 공을 고르기 마련이라며 그 공이 정직하고 강인하다고 말했다. 켄은 공이 정직하다는 게 무엇을 의미하는지 이해할 수 없었지만 그 말이 마음에 들었다. 그리고 그 공과함께 다시 길을 떠났다.

공간 속으로

어쩌면 이건 당신이 듣고 싶어 하는 그런 축구 이야기는 아닐지도 모릅니다. 하지만 내가 축구장에서 겪었던 일 중에서 이보다 인상 깊은 일은 없었습니다.

우리 감독은 공간에 미쳐 있는 사람이었습니다. 공간을 만들라거나 공간을 찾아 움직이라는 게 그의 입버릇이었습니다. 같은 팀에 찰리라는 입심이 좋은 친구가 있었는데 그는 감독이 수학에 빠진 미치광이라고 말하고 다녔습니다. 하루는 그 친구가 감독의 흉을 보고 있는데 감독이 그걸 듣고 말았습니다. 그때부터 감독은 훈련 때마다 찰리를 유별나게 괴롭혀댔습니다. 그것으로는 모자랐는지 훈련이 끝난 뒤에도 따로 불러내 개인 지도를 하기까지 했습니다. 꼭 학교에서 열등생에게 나머지 공부를 시키는 것처럼 말이죠. 우리는 언젠가 찰리가 감독의 얼굴에 한 방 먹이든가 아니면 도망가고 말 거라고 생각했습니다. 그래서 어느 날 그가 갑자기 사라졌을 때 별로 놀라지 않았습니다. 그가 사라진 때와 장소가 조금, 아니 꽤 이상하기는 했지만요.

그날 우리는 시합이 있었습니다. 관중은 아마 천 명쯤은 됐을 겁니다. 못해도 7백 명쯤은 있었겠죠. 그런데 찰리는 바로 그 경기장에서, 그것도 경기 중에 사라졌습니다. 분명 전반전이 시작할 때는 있었는데 하프타임이 됐을 때는 어느 틈에 사라졌더란 말입니다. 처음에는 급한 볼일을 보러 솜씨 좋게 몰래 경기장을 빠져나간 줄 알았죠. 하지만 그는 화장실에 없었습니다. 대기실에도 주차장에도 없었죠. 아무도 그가 경기장을 빠져나가는 걸 못 봤습니다. 정말로 경기장에서 사라져버린 거죠. 천 명이나 되는 사람들이 보는 앞에서요.

그의 가족이 구단 사무실에 찾아와 항의를 했습니다. 찰리의 어머니는 두 번이나 기절했다더군요. 감독이 서랍에서 브랜디를 꺼내 부인에게 억지로 마시게 해야 했죠. 우리는 돌멩이 하나까지 들추며 경기장 주위를 이 잡듯 뒤졌습니다. 나중에는 의용소방대와 경찰까지 나섰습니다. 우리는 그가 가던 술집, 빵집, 잡화점, 그가 졸업한 학교, 마을의 공터, 수로, 빈 창고, 공원의 으슥한 곳, 버려진 주택, 시청 화장실, 심지어는 수도원의 기도실과 교회의 제단 밑까지 뒤졌습니다. 측량 전문가와 지질학자와 심령학자와 집시 영매를 불러 경기장을 샅

샅이 뒤졌는데도 그를 찾을 수 없었습니다. 찰리의 어머니는 아예 구단 사무실에서 살다시피 했고 감독도 집에 못 가고 계속 부인을 달래야 했죠.

다행히도 찰리는 그다음 주에 돌아왔습니다.

그때 우리는 찰리가 사라졌던 그 경기장에서 토요일 시합에 대비해 연습을 하고 있었습니다. 평소에는 잔디를 보호하려고 다른 곳에서 연습을 하는데 그날만은 집시 영매가 우리가 거기서 연습을 해야 한다고 우겼거든요. 그래야 찰리의 영혼이 우리의 부름에 응답할 수 있다나요. 그런데 정말로 찰리가 나타난 겁니다. 사라졌던 그날 입었던 그 유니폼을 입은 채였고 양말과 엉덩이에는 진흙까지 묻어 있었죠.

우리는 모두 찰리에게 달려들어 질문을 퍼부었습니다. 아, 물론 모두는 아니었죠. 한 명은 이 소식을 알려주러 감독에게 달려가야 했으니까요. 감독은 그때까지도 찰리의 어머니와 함께 있었거든요.

찰리는 우리 질문에는 대답하지 않고 오늘이 무슨 요일이냐고 물었습니다. 화요일이라고 말해주니 그때부터 무슨 손잡이니, 병이니, 클라인이니 하는 이야기를 했습니다.

이제 와서 고백하건대 저는 진심으로 찰리가 악마에 씌였거나 아니면 최소한 정신이 이상해졌다고 생각했습니다. 그래서 그의 어깨를 마구 흔든 겁니다. 어떤 사람은 내가 주먹을 날렸다고 하는데, 글쎄요, 저는 기억나지 않습니다. 어쩌면 그랬을 지도 모르죠. 살짝 무섭기도 했을 테니까요.

찰리의 어머니와 감독이 술에 취한 채 팔짱을 끼고 도착했을 때 찰리는 경기장 바닥에 뻗어 있었습니다. 찰리의 어머니는 그걸 보자마자 또 기절했죠. 찰리가 죽은 줄 아셨다더군요.

이제 이 모든 소동이 어떻게 된 건지 말해줘야 할 순서가 됐군요.

문제는 바로 개인 훈련이었습니다. 감독은 정말로 찰리에게 수학을 가르치고 있었던 겁니다. 그는 찰리에게 만약 클라인 병인지 뭔지를 완벽하게 상상할 수만 있다면 공간을 자유자재로 만들어낼 수 있다면서 계속 그걸 상상하라고 했다더군요. 그리고 찰리는 경기 중에 병인지 주전자인지를 상상하는 데 성공했고, 그래서 그렇게 됐던 겁니다. 공간 속으로 쑤욱.

이해가 잘 안 가시죠? 저도 마찬가지입니다. 그래도 간단히 설명하자면, 뫼비우스의 띠를 아십니까? 종이 띠의 끝을 한 번 꼬아서 이어 붙이면 안과 밖의 구분이 없어집니다. 안이 곧 밖이고 밖이 곧 안이 되죠. 그런데 이걸 한 차원 더 올리는 겁니다. 병을 생각해보세요. 이 병에는 안과 밖의 구분이 있죠. 그런데 병 주둥이가 구부러져서 병을 통과해서 반대쪽 벽에 구멍을 내면 구멍의 안과 밖이 연결되는 겁니다. 안과 밖을 나누는 구분이 없어지는 거죠. 이게 잘 상상이 안 될 겁니다. 사실은 저도 마찬가지입니다. 그저 이 이야기를 자꾸 하다 보니 입에 붙은 것뿐이지, 저도 이걸 조금도 이해하지 못합니다. 차라리 악마에게 끌려갔다 왔다고 하는 게 낫지.

찰리 이야기로 돌아가겠습니다. 아쉽게도 찰리는 그걸 다시는 하지 못했습니다. 정신을 잃었다가 깨어난 후에는 자기가 사라졌던 것도 기억 못하더군요.

그날 이후로 감독은 나를 들볶기 시작했습니다. 찰리를 그렇게 만든 게 나니까 내가 책임을 져야 한다면서요. 훈련이 끝난 뒤 감독과 함께 수학 공부를 하는 건 내 몫이 됐습니다. 난 어느 날 화가 나서 감독에게 클라인 병이 어떻게 생긴 거냐고, 내 앞에 갖다놓아보라고 말했습니다. 그랬더니 감독이 그건 현실에선 만들지 못하는 거라더군요. 상상 속에만 있는 거라나요.

결국 어느 날 지쳤는지 감독이 개인 훈련을 그만두자고 했습니다. 그래도 훈련이 뭔가 효과가 있기는 했습니다. 그때 이후로 몸의 일부가 영영 사라졌으니까요.

이렇게 말하며 남자는 머리카락이 하나도 없는 자기 머리를 천천히 쓰다듬었다.

각하와 경찰관

그 경기는 경찰을 위로하기 위해 마련된 것이었다.

폭력단과의 전쟁에서 많은 동료를 잃은 경찰들은 긴축 재정으로 수당과 연금까지 잃을 위기에 놓이자 마침내 파업을 선언했다. 경찰의 파업은 경제 정책의 실패로 가뜩이나 어려움에 처해 있던 국민의 분노에 불을 붙였다. 결국 대통령이 경찰청장, 경찰 노조 위원장과 대면하면서 최악의 사태는 간신히 피했지만 정부에 대한 국민과 경찰의 불만은 가라앉지 않았다. 대통령궁의 인사들은 국민과 경찰의 마음을 달랠 수 있는 이벤트를 준비하기로 했다. 그래서 대통령이 참석하는 자선 축구 경기를 열기로 했던 것이다.

이날의 경기는 입장료가 다소 비쌌음에도 불구하고 빈자리가 하나도 없었다. 대통령이 축구를 하는 걸 볼 수 있는 기회는 흔치 않았기 때문이다. 게다가 잘하면 그 인기 없는 대통령이 망신을 당하는 꼴을 볼 수 있을지도 몰랐다. 아니면 대통령이 자신에게 반기를 든 경찰들에게 본때를 보여줄 수도 있었다. 어떻게 되든 뭔가 마찰이 일어나면 사태가 걷잡을 수 없이 악화될 수 있었기 때문에 경찰도 대통령 경비실도 경기를 앞두고 잔뜩 긴장했다. 경찰은 경기장의 경비를 두 배로 늘렸고 대통령 경호원들은 경기장에 들어서는 대통령의 주위를 몇 겹으로 둘러쌌다. 관중들은 팽팽한 로프 위를 걷는 기분으로 경기가 시작되기를 기다렸다.

대통령 팀에는 장관이 두 사람, 차관이 몇 사람 있었고 경찰 팀은 경찰청장과 경찰 노조 위원장, 현장 근무 경찰 중에서 근무 태도가 훌륭하고 사생활이 깨끗한 우수 경찰들로 구성됐다.

걱정과는 달리 경기장에 들어선 선수들의 얼굴은 밝았다. 대통령과 경찰청장을 비롯해 양 팀 선수들은 웃으면서 악수를 나누었고 경찰 노조 위원장이 대통령과 깃발을 교환했다.

경기는 화기애애하게 진행됐다. 누구도 상대에게 적극적으로 달려들지 않았고 공을 향해 악착같이 뛰어드는 일도 없었다. 대통령은 자신의 축구 실력을 마음껏 뽐냈다. 그 역시 젊었을 때는 축구를 즐겼고 이 나라의 모든 남자가 그렇듯 신발장에 적어도 한 켤레 이상의 축구화가 있었다. 그는 주로 미드필드에서 길고 짧은 패스를 주고받았다. 해설자는 대통령이 좋은 패스를 할 때마다 아마 이번 패스로 다음 선거에서 꽤 많은 표를 벌었을 거라며 농담을 던졌다. 관중들도 좋은 플레이가 나올 때마다 자신이 지지하는 정당을 떠나서 편을 가르지 않고 박수를 쳤다. 그리고 어쩌다 보니 대통령 팀이 두 골을 넣었고 화기애애한 분위기에서 전반전이 끝났다.

그런데 무슨 이유에선지 하프타임이 끝나고 후반전이 시작되자 분위기가 완전히 달라졌다. 마치 전반전에 했던 얌전하고 신사적인 플레이를 벌충이라도 하듯 거친 플레이가 이어졌다. 처음에는 장관이 몸싸움 중 요란하게 넘어졌고 그다음에는 경찰 한 명이 발목을 움켜쥐고 한참 동안 일어나지 못했다. 대통령은 여전히 웃음을 잃지 않았지만 경기가 계속될수록 눈에 띄게 얼굴이 굳어갔다. 제일 심기가 불편해 보이는 건 심판이었다. 그는 충돌이 있을 때마다 카드가 들어 있는 주머니를 더듬었다.

헤더 경합 중에 정부 쪽 위원이 경찰 간부의 팔꿈치에 얼굴을 맞고 교체 아웃되자 사태는 심각해졌다. 팔꿈치를 쓴 경찰 간부는 경고를 받았다. 그러자 경찰 노조 위원장이 심판에게 침을 튀기며 항의하기 시작했고 심판은 그에게도 경고를 줬다. 노조 위원장을 제지하던 경찰청장이 심판에게 다가가 뭐라 말하자 그걸 옆에서 들은 대통령이 경찰청장의 어깨 위에 손을 올리며 몇 마디를 건넸다. 둘은 웃으며 돌아섰지만 세 걸음도 채 걷기 전에 얼굴이 굳었다. 카메라는 경찰청장이 입술을 씰룩거리며 무슨 말인가를 내뱉는 걸 놓치지 않았는데 소리는 들리지 않았지만 사람들은 입술 모양만으로도 그게 무슨 말인지 알아볼 수 있었다.

마침내 사건이 터졌다. 2 대 0으로 지고 있던 경찰 팀이 한 골을 따라잡았고 5분 뒤에는 장관의 자책골로 동점이 됐다. 그러자 이제까지 패스만 뿌려대던 대통령이 드리블을 하기 시작했다. 어디 막을 테면 막아보라는 식이었다. 그는 센터 서클 근처에서 패스를 받아서는 그대로 공을 몰고 나갔다. 경찰청장을 비롯한 경찰 간부들은 어쩔 줄 몰랐다. 노조 위원장도 거친 숨을 몰아쉬었다. 당장이라도 상대를 때려눕히고 공을 뺏고 싶어 하는 것 같았다. 하지만 상대는 대통령이었다.

모두가 주춤거리고 있던 그때 경찰 팀 선수 하나가 대통령을 향해 달려들었다. 그는 깊고 부드러운 태클로 공을 걷어내는 동시에 대통령의 발목을 걷어찼다. 대통령이 비명을 지르며 바닥에 뒹굴었다. 태클을 한 경찰은 벌떡 일어나서는 아직껏 바닥에서 뒹굴고 있는 대통령을 보고 어깨를 한 번 으쓱했다. 그때 대통령 경호실장이 휘슬을 불어서 경기를 중지시키고는 경기장 안으로 뛰어 들어왔다.

경호원들은 호세라는 이름의 문제의 경찰을 에워쌌다. 호세는 두려움이라고는 모르는 사람처럼 그 자리에 태평하게

서 있었다. 잠시 뒤 대통령이 발목을 문지르며 일어났다. 대통령이 호세에게 다가가 뭐라 말을 건넸고 호세가 짧게 대답했다. 그러자 대통령이 어이가 없다는 듯 자신의 양말에 선명하게 찍힌 그의 축구화 자국을 보여줬다. 호세가 그쯤은 아무것도 아니라는 듯 손사래를 치자 대통령은 이번에는 심판에게 그 흔적을 보였다. 심판은 어쩔 줄 몰라 하며 대통령과 호세, 또 선글라스를 쓴 경호실장을 번갈아 쳐다보다 마침내 결심을 굳힌 듯 엄숙한 표정을 짓더니 고개를 저었다. 그 모습을 보며 관중들은 대통령에게 야유를 보냈다. 대통령은 기분이 상한 듯 보였지만 그래도 경기를 계속했다.

경기는 대통령 팀이 두 골, 경찰 팀이 한 골을 더 넣어서 4 대 3으로 끝났다. 양 팀 선수와 심판들은 웃으면서 악수를 하고 헤어졌다.

다음 날 호세는 국민 영웅이 됐다. 정부를 비판하는 신문은 물론이고 정부 기관지들도 호세의 기사를 실었다. 기자들은 호세에 관한 것이라면 무엇이든 기사로 쓰고 싶어 했다. 경찰로서의 업무 수행, 가족 사항, 성장 배경, 학교 성적, 어렸을 때의 교우 관계, 친구들이 말하는 그에 관한 일화 등등. 그들은 매일 호세를 찾아가서 뭐라도 좋으니 아무 말이나 한마디만 해달라고 졸랐다. 기자들은 특히 그날의 경기와 태클에 대해 뭔가 듣고 싶어 했다. 그때 대통령에게 뭐라고 말했습니까?

하지만 호세는 입을 다문 채 서류를 정리하고 내방자들과 면담하고 순찰을 돌았다. 사람들은 이 과묵하고 성실한 경찰이 나중에 틀림없이 경찰청장이나 내무부 장관, 아니면 국회의원이 될 거라고 말했다. 다음 대통령으로 누구를 찍을 거냐는 여론 조사에서 그는 한때 현직 대통령보다 더 많은 표를 얻기도 했다. 하지만 그는 퇴임할 때까지 자신이 근무하는 경찰서를 떠나지 않았고 경찰을 그만둔 후에는 정치에 뛰어드는 대신 자동차 부품 대리점을 열었다. 대통령의 발목을 걷어차서 영웅이 된 남자치고는 평범한 인생이었다.

나중에 두 사람은 퇴임한 경찰들을 위로하는 파티에서 다시 만났다. 전직 대통령 주위에는 여전히 경호원이 두 명 있었다. 대통령은 호세를 알아보고는 오래전의 일을 떠올렸다. 그는 웃음 띤 얼굴로 호세에게 다가와 악수를 나누고는 위험한 태클로 자기 발목을 거의 분지를 뻔했던 그 용감한 경찰이 바로 이 사람이라고 주위에 소개했다. 그러자 호세는 그때도 말했지만 그 플레이는 정당했으며 대통령이 다친 건 태클을 뛰어넘지 못한 대통령의 책임이라고 말했다. 그리고 그는 덧붙였다. 오히려 각하의 플레이야말로 정당하지 않았습니다. 대통령은 의아해서 그게 무슨 말이냐고 물었다. 호세는 대답했다. 그날 각하가 쓰러졌을 때 경기장에 들어와야 했던 건 들것을 든 의료 요원이지 재킷 아래에 권총을 찬 경호원이 아니었습니다. 각하의 경호원들이 구둣발로 신성한 잔디를 밟았던 그 순간 각하는 우리의 경기를 더럽혔던 것입니다. 그날 경기에서 우리는 4 대 3으로 졌지만 만약 경기가 그런 식으로 더럽혀지지 않았다면 결과는 달랐을 겁니다.

더 이상 할 말이 없는 호세는 입을 다물었다. 대답할 말을 찾지 못한 대통령 역시 입을 다물 수밖에 없었다.

세계의 끝에서 불빛이 빛났다

켄은 어느 도시에서 한 무리의 사람들과 만났다. 그들은 세계의 끝을 찾기 위해 길을 떠난 순례자들이었다. 순례자들 사이에는 지도자가 한 명 있었는데 켄과 비슷한 또래의 여자였다. 여자는 자신이 지도자가 아니라 길잡이에 불과하다고 했다. 어디로 가야 할지 모르는 길잡이. 켄은 그 여자가 언젠가 숲길로 사라졌던 그 여자와 닮았다고 생각했다. 그러나 같은 사람이 아닌 건 분명했다. 그저 그들이 삶의 어떤 길목에 이르러 서로 닮은 초연한 얼굴을 갖게 된 거라고만 짐작했다. 켄이 축구를 하기 위해 세상을 떠돌아다닌다고 하자 여자는 자기들과 함께 다니면 축구를 하는 사람을 찾기가 더 쉬울 거라고, 어쩌면 운이 좋아 순례자들 중에 축구를 해보겠다는 사람이 나타날 수도 있지 않겠느냐고 했다. 그리고 설령 함께 축구할 사람을 못 찾더라도 세계의 끝에 가면 그의 꿈에 대한 해답을 얻을 수 있을 거라고 했다. 켄은 그들을 따라가기로 했다.

아침이 되면 그들은 비스킷 두어 개로 식사를 하고 바로 길을 나섰다. 오전에 두 번 정도 쉬고 정오 무렵에는 자리를 잡고 식사를 한 뒤 낮잠을 자거나 했다. 낮잠에서 깬 뒤에는 다시 모여 걷기 시작했다. 오후에도 두 번 정도 쉬었고 해가 질 무렵이면 적당한 곳에서 걸음을 멈추고 잠잘 곳을 마련했다. 지붕이 있는 곳에서 잘 수 있는 날도 있었지만 그럴 수 없는 날이 더 많았다. 어떤 곳에서는 며칠 동안 먹을 수 있는 음식을 얻을 수 있었지만 이들이 떠날 때까지 아무도 내다보지 않는 마을도 있었다.

걷는 동안 이들은 꼭 필요한 말이 아니면 거의 입을 열지 않았다. 대열은 자연스럽게 한 줄로 이어졌고 순례자들은 내내 누군가의 등을 바라보며 자신의 세계에 깊이 잠겼다. 가끔은 누군가 무리에서 말없이 떨어져 나가 다른 방향을 향해 걸어가기도 했고 또 가끔은 누군가 슬그머니 무리에 합류하기도 했다. 순례자 무리는 많을 때는 서른 명이 넘었지만 보통은 스무 명이 못 되었다.

순례자들은 자기 전에 불가에 모여 앉아 얘기를 나눴다. 대화의 주제는 그때그때 달랐지만 대개는 허무와 세계의 끝에 관한 이야기였다. 순례자들은 세계의 끝에 대해 서로 다르게 알고 있었다. 어떤 사람은 세계의 끝에 가면 허무의 끝이 있어 허무가 사라질 거라고 했다. 어떤 사람은 반대로 세계의 끝에는 가장 짙고 무거운 허무의 핵이 있을 거라고 했다. 어떤 사람은 세계의 끝에는 아무것도, 심지어는 허무조차도 없는데 왜냐면 거기가 바로 이 세계가 끝나는 곳이기 때문이라고 했다. 어떤 사람은 자기는 세계의 끝으로 가라는 목소리를 들었고 지금도 가만히 귀를 기울이면 그 목소리를 들을 수 있지만 그 목소리는 세계의 끝이 어디인지는 알려주지 않는다고 했다. 어떤 사람은 세계의 끝이 밑이 보이지 않는 벼랑이나 낭떠러지라고 했다. 어떤 사람은 세계의 끝이 한 건물의 지하실인데 그 지하실에는 문이 하나 있고 그 문을 열면 다른 세계로 이어진다고 했다. 그렇게 말한 사람은 나중에 어떤 건물의 지하로 들어가서 다시 돌아오지 않았다. 어떤 사람은 세계의 끝이란 그들이 걷고 있는 바로 이 길을 말하는 것이며 세계의 끝을 향해 걸어가는 게 우리 삶의 진짜 목적이고 허무는 우리에게 그걸 알려주기 위해 찾아온 거라고 했다. 어떤 사람은 세계의 끝은 장소가 아니라 마음의 변화를 말하는 것이며 세계의 끝에 간다는 것은 마음이 모두 사라지는 상태를 말한다고 했다. 지도자는 그들이 마음껏 토론하도록 내버려두었다. 순례자들은 서로 의견이 맞지 않았지만 누구도 자신의 의견을 상대에게 강요하지 않았다. 지도자는 우리 모두에게 자신만의 허무가 있는 것처럼 자신만의 세계의 끝이 있는 거라고 말했다.

무리의 뒤를 덩치 큰 개 한 마리가 따라다녔다. 개는 털이 길고 더러워서 얼핏 보면 넝마를 뒤집어쓰고 몸을 웅크린 사람 같았다. 어쩌면 개가 아닌지도 몰랐다. 긴 털에 가려져 켄은 개의 눈을 한 번도 제대로 보지 못했다. 개가 언제부터 그들을 따라다녔는지는 아무도 알지 못했다. 개는 무리가 걸으면 걷고 무리가 멈추면 함께 멈췄다. 그리고 밤이면 그들과 조금 떨어진 곳에서 잤다. 가끔 누군가 다가가면 몸을 피했다. 개는 무리 중에서 한 남자에게만 곁을 허락했고 그 남자가 주는 음식만 받아먹었다. 그렇다고 그 남자의 개는 아닌 것 같았다. 개는 남자가 허공을 향해 음식을 내밀 때만 남자에게 다가왔다. 그 남자는 앞이 보이지 않았다. 켄은 남자의 눈에 빛이 꺼져 있는 것을 보았다.

눈이 보이지 않는 그 남자는 무리의 제일 뒤에서 걸었고 개는 남자의 한참 뒤를 터덜거리며 따라왔다. 그는 다른 사람의 어깨를 짚고 걸어야 했는데 그에게 어깨를 빌려주는 일은 순서를 정해 번갈아서 했다. 자기 차례가 됐을 때 켄은 남자에게 혹시 예전에 만난 적이 있지 않느냐고 물었다. 남자는 눈이 보이지 않아서 이제 사람을 알아볼 수 없다고 했다. 켄은 혹시 예전에 파티에 천사 분장을 하고 간 적이 있지 않느냐고 물었다. 남자는 천사 분장을 한 적은 없지만 예전에 어딘가에서 만났다면 자기가 천사처럼 보였을 거라고 말했다.

그날 저녁 지도자는 켄에게 와서 장님이 이 순례자 모임에서 성자와 같은 사람인데 누구와도 세 마디 이상은 말을 하지 않는다고 했다. 켄이 잠시 생각해보고 벌써 두 마디를 했다고 하자 지도자는 그럼 남은 말 한 마디는 아껴두라고 했다. 그리고 혹시 그에게 세계의 끝에 무엇이 있느냐고 물을 거라면 그 답은 자신이 해줄 수 있다고 했다. 장님은 그 질문에 늘 같은 대답을 하는데 거기에 있는 건 바로 당신이 찾고 있는 그것이라는 것이었다. 그리고 세계의 끝이 어디 있느냐고 물으면 당신은 이미 그걸 알고 있다고 대답한다고도 알려줬다. 켄은 그 말을 되뇌었다.

세계의 끝에 있는 건 내가 찾고 있는 그것이다. 나는 세계의 끝이 어디 있는지 이미 알고 있다.

어느 날 언덕길에서 쉬고 있을 때 지도자가 켄을 순례자 중 한 명에게 데려갔다. 그 남자는 허무가 찾아오기 전에 축구 선수였다고 했다. 남자는 무리에 합류한 지 일주일이 조금 넘었는데 켄은 남자가 말하는 걸 한 번도 보지 못했다. 켄은 남자에게 혹시 같이 축구를 할 생각이 없느냐고 물었다. 남자는 켄이 옆구리에 끼고 있던 공을 한참 동안 쳐다봤다. 켄이 공을 건네주자 남자는 일어나 공을 받았다. 켄은 남자가 무슨 생각을 하는지 짐작할 수 없었다.

남자는 누가 말릴 사이도 없이 공을 힘껏 차버렸다. 공은 켄이 바라보는 동안 몇 번이나 튀어 오르며 언덕 아래로 굴러 내려가더니 마침내 흰 점이 돼 벼랑 너머 계곡으로 사라졌다. 계곡에는 물이 흐르고 있었다. 켄은 남자를 쳐다봤다. 남자도 켄을 쳐다봤다. 둘은 아무 말도 하지 않았다. 잠시 뒤 남자는 자기 가방을 메고는 아무 말 없이 떠났다. 지금까지 온 길도, 앞으로 갈 길도 아닌 전혀 다른 방향이었다.

켄은 하류까지 내려가서 공을 찾아 돌아왔다. 순례자들이 모닥불에 불을 지피려는 참이었다. 지도자는 켄에게 음식을 나눠 줬다.

그 남자를 미워하지 마세요. 지도자는 말했다.

미워하지 않습니다. 켄은 대답했다. 다만, 그가 왜 그랬는지 궁금할 따름입니다.

누군가의 희망은 다른 누군가의 절망이 될 수 있죠. 혹은 누군가 찾아 헤매는 것이 다른 누군가는 버려야 하는 것일 수도 있고요.

켄은 그날 밤 모닥불에서 떨어진 곳에 혼자 자리를 잡았다. 멀리 도시의 불빛이 보였다. 저 불빛이 있는 곳에는 함께 축구를 할 사람이 있을지도 몰랐다. 하지만 켄이 함께 축구를 하자고 공을 내밀면 그의 공을 멀리 차버릴 사람들이 골목마다 기다리고 있을지도 몰랐다. 켄은 지도자의 말을 생각했다. 어떻게 한 사람의 희망이 다른 한 사람의 절망이 될 수 있는가. 어떻게 축구가 누군가의 절망이 될 수 있단 말인가. 그가 바라는 것은 누군가를 좌절하게 하거나 무너뜨리는 것이 아니라 그저 공을 따라 함께 달리는 것, 공을 주고받는 것, 자기의 골문을 지키면서 상대의 골대에 골을 넣기 위해 애쓰는 것, 그것뿐인데. 그가 바라는 것이 그렇게 대단하거나 혹은 나쁜 일인가. 그는 그저 꿈속에서 날아간 그 공이 어떻게 됐는지 알고 싶은 것뿐인데. 그저 축구를 한번 해보는 것, 오직 그것만을 바랄 뿐인데. 하지만 그건 혼자서는 할 수 없는 일이었다.

켄은 공을 꺼냈다. 그리고 그것을 발로 조금씩 건드렸다. 발 안쪽으로. 바깥쪽으로. 발등과 발바닥으로. 그는 공을 오른발로 차서 왼쪽으로 보냈고 그걸 왼발로 잡고 다시 오른쪽으로 차 보냈다. 그는 오른발 바닥으로 잡은 공을 뒤로 당겨서 왼쪽으로 보냈다가 그걸 다시 왼발로 반복했다. 그는 조금씩 더 빨리 움직였고 조금씩 더 많이 움직였다. 그는 자기가 아는 기술들을 모두 하나씩 꺼내서 시험해보면서 풀밭을 이리저리 달렸다. 이슬이 발목을 적셨다. 점점 숨이 가빠왔다. 그러나 그는 발을 멈추지 않았다. 켄은 자신이 하는 동작에 푹 빠져서 어느 틈에 사람들이 둘러서서 자신을 바라보고 있는 것도 알아차리지 못했다.

그러다 어느 순간 켄은 자기도 모르게 공을 한 방향으로 찼다. 그건 너무나도 자연스러운 동작이어서 누구든 그와 조금이라도 같은 마음이었다면 그 공을 받아서 다시 그에게 돌려줘야 마땅했다. 그러나 아무도 움직이지 않았다. 오히려 공이 굴러간 방향에 있던 사람들은 몸을 돌려서 공을 피했다. 공은 그들 뒤의 어둠 속으로 사라졌다. 켄은 멈춰 선 채 가쁜 숨을 몰아쉬었다. 모두 입을 다물고 있었다. 그 순간 켄은 분명히 알 수 있었다. 여기에는 축구가 없고, 있을 수도 없다는 것을. 켄과 그를 둘러싸고 있는 사람들 사이에는 허무가 갈라놓은 것만큼이나 깊은 심연이 놓여 있었다.

잠시 뒤 그 심연 속으로, 켄과 그의 주위를 둘러싼 사람들이 있던 공간 속으로 공이 굴러왔다. 켄은 공을 받았다. 사람들이 흩어진 뒤 공이 굴러온 쪽을 보니 어둠 속에 희미하게 장님과 개의 모습이 보였다.

그날 밤 켄은 길을 떠난 이후 처음으로 축구 꿈을 꿨다.

이번에는 다른 사람은 없고 켄과 공뿐이었다. 주위는 캄캄한 어둠이었는데 가로등을 켜둔 것처럼 켄의 주위만 환했다. 켄은 혼자서 축구를 하고 있었다. 그는 발끝으로 공을 들어 올려서 무릎으로, 가슴으로, 머리로 공을 튕겼다. 켄의 몸은 부드럽게 움직였고 공은 환한 빛 속에서 느리게 솟았다 떨어졌다 했다. 켄의 숨소리도, 공이 튀는 소리도 들리지 않았다. 문득 켄은 꿈속에서 자신의 모습을 보고 있다는 걸 알아차렸다. 꿈속의 그는 마치 공과 함께 춤을 추고 있는 것 같았다. 그건 어쩐지 이 세상 풍경 같지 않았다. 그렇다면 여기가 세계의 끝이 아닐까.

잠을 깨 일어나보니 아직 캄캄한 밤이었고 어두운 들판 멀리 작은 불빛이 깜박였다. 처음에는 도시의 불빛인 줄 알았지만 불빛은 눈을 감아도 보였다. 그 불빛은 꿈속에서 켄과 공을 비추던 불빛과 같은 색, 같은 온도였다. 켄은 그것이 세계의 끝에서 자기를 부르는 불빛이라고 생각했다. 남은 건 불빛을 향해 똑바로 걷는 일뿐이었다. 켄은 그날 밤 다시 잠들지 않았다. 불빛은 해가 떠오른 뒤에도 보였다.

날이 밝아 무리는 길을 떠날 채비를 했다. 켄은 지도자에게 가서 자신은 이제부터 세계의 끝으로 갈 것이며 원한다면 같이 가자고 말했다. 지도자는 고개를 저으며 그건 켄 자신의 길이며 다른 사람들의 길은 다른 곳에 있다고 말했다. 다른 순례자들도 켄과 함께 가기를 거절했다.

켄이 떠나기 전에 지도자는 켄을 장님에게 데려가서 혹시 세번째 말을 하지 않겠느냐고 물었다. 켄은 이제 자신에게는 모든 게 충분하므로 더 이상 할 말이 없다고 했다. 장님은 탁한 눈으로 멍하니 허공을 바라봤다.

켄이 무리와 헤어져 한참 걷다가 뒤를 보니 개가 느릿느릿 따라오고 있었다.

아버지와 악마

우리 집은 가난했고 늘 먹을 게 부족했죠. 그렇다고 불행했던 건 아니에요. 불행이라는 건 사막에서 오는 악마라고 아버지는 말했었죠. 네가 너 자신을 위해 누군가를 해칠 마음을 먹으면 어느날 불행이 문을 두드리게 될 거다. 그러면서 아버지는 사막 쪽을 가리켰죠. 그럴 때마다 사막을 보면 아지랑이 속에서 정말로 누군가 걸어오는 것처럼 보였어요.

아버지는 한쪽 다리가 없었어요. 아버지에게 물어보면 어느날은 뱀에게 물렸는데 제때 치료하지 못해 잘랐다고 했고 어느 날은 없어진 다리가 악어 입속으로 사라졌다고 했고 또 어느 날은 악마와의 내기에 져서 잃었다고 했죠. 또 아버지를 너무나도 사랑하는 여자가 있었는데 그 여자가 놔주지 않아서 하는 수 없이 다리를 잘라버리고 도망쳐 왔다고도 했어요. 우리 형제들은 그 이야기 중에서 각자 믿고 싶은 것을 믿었죠.

아버지가 제대로 일을 시작한 건 샤나가 죽은 다음부터였어요. 샤나는 설사병으로 죽었는데 그때 겨우 두 살밖에 안 됐었죠. 어머니가 집을 나가고 한 달 뒤였어요. 아버지는 샤나를 묻은 다음 날부터 마을 사람들을 따라 밭에 나가서 풀을 뽑고 마을에 나가 짐을 나르고 강에 가서 물을 길어 왔죠. 벽에 다시 흙을 바르고 우리의 옷을 빨아주고 저녁이 되면 불을 피워 빵을 구웠고요. 집을 나가기 전에 어머니는 늘 사막 쪽을 보고는 했어요. 아마 어머니는 악마를 따라갔을 거예요. 거기는 악마가 사는 곳이잖아요. 아마 샤나가 죽은 것도 모르시겠죠.

아이 넷을 혼자 키우는 건 다리가 두 개 심지어는 세 개 달린 남자도 하기 힘든 일일 테지만 아버지는 한쪽 다리만으로 어떻게든 그 일을 해냈어요. 우리는 좀 더럽고 가난하기는 했지만 그래도 굶지는 않았어요. 설사병에도 걸리지 않았고요.

그런데 아버지에게는 우리에게 절대 알려주지 않는 비밀이 하나 있었어요. 한 달에 한 번은 어디 가는지 말도 하지 않고 밤늦게까지 집에 들어오지 않았던 거예요. 어디 가느냐고 물어도 결코 말해주는 법이 없었죠. 그런 날이면 동생들은 혹시 악마가 어머니를 잡아간 것처럼 아버지도 잡아가면 어떡하냐고 울곤 했어요. 이상한 소리 하지 말라고 동생들을 혼내기도 하고 달래기도 했지만 무섭기는 나도 마찬가지였어요. 아버지는 새벽이 돼서야 집에 돌아왔어요. 그때까지 잠 못 들고 뒤척이다가 어둠 속에서 아버지의 발소리가 들리면 너무 반가워 눈물이 날 지경이었죠.

그런데 어느 날 내 친구가 아버지가 밤에 어디에 가는지 알려줬어요. 그 친구의 아버지가 우리 아버지를 마을 술집에서 봤다는 거였어요. 나는 그게 정말인지 확인하고 싶었어요. 동생들을 달래는 데 지치기도 했고 무엇보다 무서워서 그냥 있을 수 없었어요. 그래서 아버지가 나갔을 때 친구가 알려준 그 술집으로 찾아갔어요. 동생들을 모두 데리고서요. 내가 넷째를 업었고 둘째가 셋째 손을 잡고 전등을 들고 앞서서 걸었죠.

술집 문을 열고 들어가니 어른들이 많아서 놀랐고, 그 사람들이 모두 반쯤 넋이 나간 것처럼 고개를 쳐들고 있어서 또 놀랐어요. 그 이상한 사람들 속에 아버지도 있었죠. 나는 거기 들어가기 전에는 아버지가 제발 취해 있지 않기를 바랐어요. 그러면 내가 아버지를 업고 와야 했을 테니까요. 그런데 그 모습을 보자 차라리 술에 취한 게 나았겠다는 생각이 들었어요. 아버지 앞에는 그저 맥주 한 병이 놓여 있을 뿐이었어요. 다른 어른들도 마찬가지였고요. 그 사람들은 이야기를 나누고 있지도 않았고 그저 고개를 들고 멍하니 어딘가를 쳐다보고 있었어요. 눈도 깜박이지 않고요. 나는 너무 무서웠어요. 사악한 주술사가 와서 사람들에게 마법이나 최면을 건 게 분명하다고 생각했거든요. 내가 동생들을 데리고 도망가려는데 그 사람들이 갑자기 벌떡 일어나면서 소리를 질렀어요.

고오오오올!

동생들은 다들 놀라서 울음을 터뜨렸어요. 울음소리를 듣고 놀란 사람들이 우리를 아버지에게 데려갔죠. 아버지는 우리 넷을 한꺼번에 안고 한 명씩 볼에 입을 맞췄어요. 그건 정말 이상한 일이었어요. 그때까지 아버지의 입맞춤을 받아본 건 막내뿐이었으니까요. 죽은 샤나 말이에요.

우리는 술집에 한 시간쯤 더 있었어요. 그리고 아버지와 함께 축구 경기를 봤죠. 그날 밤 아버지는 심지어 우리에게 음료수도 사 주셨죠. 아버지가 그런 걸 사 주신 건 그때가 처음이자 마지막이었어요. 넷이서 한 병을 나눠 마셨지만 그래도 그 맛은 지금까지 잊을 수 없어요.

그때는 잘 몰랐지만 이제는 아버지를 이해할 수 있어요. 아빠가 우리를 키울 수 있었던 건 축구 때문이라는 걸요. 만약 그때 한 달에 한 번씩 축구를 볼 수 있는 밤이 없었다면 아버지는 결코 혼자 힘으로 우리를 기를 수 없었을 거예요. 다른 어른들도 다 마찬가지였을 거예요. 맥주 한 병을 두 시간 동안 마시면서 축구 중계를 보는 것, 그게 없었으면 아버지는 살 수 없었을 거예요. 어떤 사람들에게는 그런 아버지의 삶이 한심하게 보였을지도 몰라요. 다리는 한쪽밖에 없고, 아내는 도망갔고, 변변한 직업도 없고, 딸린 애는 넷이나 되고, 인생에 좋은 일이란 하나도 없을 것 같은 사람이 축구 따위를 보고 있으니 말이에요. 하지만 그게 아니라는 걸 난 알아요. 지금도 그날 집에 돌아오는 길에 아버지가 신나서 했던 말들과 목소리, 선수들의 동작을 설명해주려고 목발을 짚고 껑충껑충 뛰던 몸짓을 기억해요.

그 7번 선수는 달릴 때 다리를 똑바로 펴는 게 꼭 염소 같단 말이지! 그러다가 재빨리 몸을 접으면서 멈출 것 같더니, 그다음에 어떻게 했는지 아니? 하! 뒷발로 패스를 해서 상대의 혼을 쏙 빼놓았어. 그런 패스라면 악마라도 속아 넘어갔을 거야!

그날 밤 아버지는 너무나 힘차고 행복해 보여서 정말로 악마가 나타났더라도, 심지어는 허무가 찾아왔더라도 호통이나 웃음소리만으로 그걸 물리칠 수 있었을 거예요.

당신은 신을 믿습니까? 나는 믿지 않습니다. 그러나 나는 그 경기장에 세 개의 기적이 차례로 내려오는 것을 보았습니다.

우선 첫번째 기적에 대해 말하겠습니다.

그 공격수는 코너킥이 올라오는 걸 준비하고 있었습니다. 동료가 찬 코너킥은 그가 원하던 곳을 향해 날아왔습니다. 그래서 그는 한 번 몸을 움직여 수비를 따돌린 뒤 마치 천사의 들림이라도 받은 것처럼 가볍게 공중을 향해 뛰어올랐습니다. 그리고 자신이 원한 바로 그 자리, 즉 누구보다 빨리 누구보다 높이 도달할 수 있는, 공이 바로 그 순간 도착할 곳에서 이마의 가장 둥근 부분으로 공의 가장 둥근 부분을 맞혔습니다. 그는 완벽한 속도로 완벽한 순간에 완벽한 높이, 완벽한 위치에 가 있었던 것입니다. 누구도 그가 그 순간 그 자리에 가 있을 줄 몰랐고 설령 알았다 하더라도 막을 수 없었을 겁니다. 심지어 그는 공을 맞춘 것뿐만 아니라 골대의 가장 구석진 곳, 누구도 감히 닿을 수 없는 곳으로, 천사도 악마도 손이 미치지 못하는 곳으로 보냈습니다.

그것은 완벽한 헤더라는 기적이었습니다. 누구도 그게 골이 되지 않을 거라고는 생각할 수 없는 그런 헤더였고 그래서 공격수는 공이 맞는 순간 골이라는 걸 직감했습니다.

하지만 그는 두번째 기적이 마련돼 있었다는 걸 미처 몰랐습니다. 이번 기적은 골키퍼를 위한 것이었습니다. 우연이라기에는 너무도 완벽한 자세로, 마치 계시라도 받은 것처럼 골키퍼는 그 순간 몸을 최대한으로 내뻗으면 간신히 손이 닿을 바로 그 자리에 서 있었고, 공격수가 머리에 공을 맞히기도 전에 이미 이후의 일을 예감하기라도 한 듯 몸의 중심이 그쪽을 향해 이동하고 있었고, 골대를 향해 공이 날아오자 마치 처음부터 그리로 공이 날아올 줄 알고 있었다는 듯 몸을 최대한으로 내뻗었고, 키가 1센티만 더 작거나 팔이 1센티만 더 짧았어도 건드릴 수 없었을 공을 손가락으로 쳐냈고, 그가 쳐낸 공은 궤적이 바뀌면서 골대에 맞았다가 튕겨 나왔고, 그 공을 수비수가 골라인 밖으로 걷어냈습니다.

그게 두번째 기적이었습니다. 바로 완벽한 선방이라는 기적이었죠. 첫번째 기적이 인간의 감각과 노력으로 만들 수 있는 기적이었다면 두번째 기적은 그런 것으로는 설명할 수 없는, 우연이나 운명이라고밖에는 말할 수 없는 그런 기적이었습니다.

당신은 내 말을 듣고 이렇게 생각할지도 모릅니다. 그런 일이 그리 드문 것도 아니지 않은가, 그런 걸 기적이라고 할 수는 없지 않은가 하고요. 당신 생각이 맞을지도 모릅니다. 하지만 당신은 아직 세번째 기적에 대해서는 듣지 못했습니다. 이이야기를 들으면 당신은 내 말에 고개를 끄덕일 것입니다.

득점에 실패한 공격수는 미칠 듯이 화가 났습니다. 완벽하다고 생각했던 골을 도둑맞았기 때문입니다. 그는 아이들이 앞뒤 안 가리고 싸우러 갈 때 그러는 것처럼 주먹을 불끈 쥐고 얼굴에 인상을 잔뜩 쓴 채 골키퍼를 향해 걸어갔습니다. 골키퍼도 눈에 불을 켜고 입을 꼭 다물고는 자신에게 다가오는 공격수를 마주보며 걸어갔습니다. 둘 다 당장이라도 한판 벌일 기세였습니다. 동료들이 알아차렸을 때 두 사람 사이를 가로막을 수 있는 건 아무것도 없었습니다. 거의 코가 닿을 정도로 가까워졌을 때 둘은 약속이나 한 듯 한쪽 팔을 들더니, 짧고 힘차게 서로 끌어안았습니다. 그러고는 곧 다음 코너킥을 준비하러 갔습니다. 처음에 사람들은 어리둥절했습니다. 둘은 동료도 아니었고 피부색도 달랐고 한 팀에서 뛴 적도 없었습니다. 그런데 왜 저런 행동을 한 거지? 잠시 뒤에야 사람들은 이해했습니다. 자신들이 본 두 번의 기적적인 플레이, 그것은 둘이 함께 있어야 가능했던 것입니다. 그 헤더는 완벽한 선방이 없었다면 그저 깜짝 놀랄 플레이 정도로 여겨졌을 것입니다. 마찬가지로 그 선방도 헤더가 아니었다면 웬만한 키퍼라면 막을 수 있는 그저 그런 슛으로 기억됐을 것입니다. 두 선수는 자신의 가장 완벽한 플레이를 역시 가장 완벽한 플레이로 응답해온 상대에게, 상대하는 팀의 공격수와 골키퍼로서가 아니라 함께 축구를 하는 동료로서, 어쩌면 섭리를 작동시키는 운명의 두 톱니바퀴로서, 최고의 감사와 경의를 표했던 것입니다.

그게 세번째 기적이었습니다. 물리적인 첫번째 기적, 우연과 운명에 관한 두번째 기적에 뒤이은 마지막 기적은 인간과 인간 사이에 피어난, 믿음과 유대라는 가장 아름다운 기적이었습니다.

다시 한번 말하지만 나는 신을 믿지 않습니다. 하지만 만약 신이 있다면 그 자리에 있었을 겁니다.

우리에게 찾아온 건 허무가 아니라 신의 부재인지도 모릅니다.

불의 사나이

로비 샌더슨은 한마디로 불 같은 사내였어. 그는 우리 팀의 센터백 겸 주장이었는데 별명 두 가지 중 하나가 헤어드라이어였어. 만약 동료 중 누군가 경기 중에 실수를 하면 로비는 경기장을 가로질러 뛰어가 실수한 동료의 면전에 대고 엄청나게 소리를 질렀거든. 그 때문에 젖은 머리카락이 마를 정도였지. 나머지 별명은 화염방사기였어. 이유는 설명하지 않아도 되겠지.

로비는 축구 선수라면 경기에 모든 것을 걸어야 한다고 믿었어. 예전에 어떤 감독은 축구가 삶과 죽음의 문제보다 더 중요하다고 말했다던데 만약 그 사람이 살아 있었다면 로비를 자기 팀에 꼭 넣고 싶었을 거야. 실제로 그에게는 경기에서 승리하는 게 무엇보다 중요했고 그것을 위해서라면 모든 것을 바칠 각오가 돼 있었어. 그는 승부욕의 화신이었고 아무도 그를 막을 수 없었지. 아무도. 그 무엇도. 그래서 동료들은 감독보다 그를 더 두려워했어. 물론 우리가 그를 믿고 따른 것도 사실이긴 하지만.

로비의 가정생활은, 뭐 충분히 예상할 수 있겠지만 그리 순탄하지 않았어. 그는 축구와 결혼한 거나 마찬가지였으니까. 사람들은 로비가 언젠가 이혼할 수밖에 없을 거라고 수군거렸어. 그래서 그의 아내가 정말로 아이들을 데리고 떠나버렸을 때 아무도 놀라지 않았어. 가족을 잃은 로비는 더욱 축구에 몰두했지. 이제 그에게 남은 건 축구뿐이었으니까.

그즈음 우리는 리그에서 선두권을 달리고 있었는데 잘하면 우승을 노려볼 수도 있었지. 로비는 점점 말수가 없어졌는데 어느 날은 훈련이 끝날 때까지 단 한 마디도 하지 않을 때도 있었어. 그것도 잔뜩 인상을 쓴 채. 주위 사람들은 신경이 곤두설 수밖에 없었지. 그는 마치 폭발 직전의 화약고 같았어. 그가 정말로 폭발하면 어떤 일이 일어날지 아무도 알지 못했지. 또 아무도 그걸 확인하고 싶어 하지 않았고.

드디어 리그 마지막 경기가 열리는 날이었어. 팀이 우승하느냐 마느냐가 이 경기에 달려 있었어. 경기 직전의 라커 룸은 긴장이 팽팽하게 흘러서 아무도 농담 한마디 꺼낼 수 없었어. 그 긴장은 대부분 다가올 경기 때문이 아니라 로비 때문이었고. 그런데 장비 담당자가 라커 룸에 들어와서는 로비의 이름을 중얼거렸어. 전화가 왔다는 거였어. 로비가 전화를 받으러 나가자 그제서야 숨통이 트인 우리는 그날 경기에 대한 이야기를 나눌 수 있었지. 잠시 뒤 돌아온 로비는, 만약 다른 사람이 그랬다면 1분도 안 돼 호흡 곤란으로 정신을 잃고 말 정도로 거칠게 숨을 몰아쉬고 있었지. 그리고 인상은 그 어느 때보다 더 험상궂었어. 소 한 마리도 전부 씹어 먹을 것 같은 얼굴이었지. 우리는 다 비슷한 생각을 했지. 시한폭탄이 터지기까지 얼마 남지 않았구나. 그렇게 되면 로비가 무슨 짓을 저지를지는 아무도 몰랐어. 어쩌면 누군가를 죽일지도 몰랐어. 상대든 동료든 말야. 만약 경기 중에 누군가 실수라도 한다면 그는 로비의 먹잇감이 될 게 분명했어. 그러니 그 꼴을 당하지 않으려면 이기는 방법밖에 없었어. 그것도 단 하나의 실수도 하지 않고.

경기 시작 1분 만에 상대의 첫 골이 터졌어. 최악이었지. 더이상 나쁠 수 없는 골이었어. 로비가 공을 돌리기 위해 레프트백에게 패스를 했는데 레프트백이 공을 잘못 받아서 상대에게 패스를 해버린 꼴이 된 거야. 그 상대는 재빨리 공을 가로채 짧게 크로스를 올렸고 뒤에서 오던 미드필더가 헤더로 골을 넣었어. 골키퍼가 손 쓸 수 없는 번개 같은 플레이였지만 그 와중에 골키퍼는 발을 헛짚으며 엉덩방아를 찧기까지 했어. 아주 꼴사나운 골이었지. 실점의 빌미를 제공한 레프트백은 이중으로 절망했어. 자신의 어리석은 플레이로 상대에게 골을 바쳤다는 자책도 자책이지만, 로비가 자신을 향해 걸어 오고 있었거든. 당장이라도 도망가고 싶었지만 도망갈 데는 없었어.

그런데 로비가 와서 뭐라고 했는지 알아? 미안하다고 했어. 자기 패스가 안 좋았다고. 이 골은 자기 책임이라고.

장담하건대 우리 중 그 누구도 그날까지 로비가 무슨 일로 든 누군가에게 사과하는 걸 본 적이 없어. 그런데 동료의 실 수를 대신 감싸줬다고? 10분이 채 지나기도 전에 경기장의 모 든 사람이 그의 변화를 알게 됐어. 경기장 앞쪽에 앉은 홈 관 중들은 로비가 동료들을 향해 이렇게 외치는 걸 들었어. 괜찮 아. 좋아. 잘하고 있어. 최고야. 멋진 플레이야. 그들은 귀를 의 심했지. 그래서 그들은 로비를 위한 응원가를 불러야 하나 망 설였어. 응원가? 그때는 선수 저마다 응원가가 있었지. 로비 의 응원가는 이제껏 로비가 경기장에서 쉼 없이 외쳤던 말들 을 이어서 만든 것이었는데 가사는 이런 식이었어. 정신 차려 멍청아. 네 자리를 지켜 이 밥벌레야. 이게 다 너 때문이야. 한 번만 더 그랬다간 나 로비 샌더슨의 손에 죽을 줄 알아.

하프타임에 감독은 작전 지시를 끝낸 뒤 로비에게 괜찮으냐 고 물었지. 로비는 바위처럼 굳은 얼굴로 대답했어. 문제없습 니다. 하지만 그는 전혀 문제없어 보이지 않았어. 얼마나 흥분

하고 있는지는 숨소리만 들어도 알 수 있었지. 그게 전반전에 한 골을 먹어 1 대 0으로 지고 있었기 때문인지, 어떤 놈이든 걸리기만 하면 그게 상대건 동료건 다리를 부러뜨려버리겠다고 마음먹고 있기 때문인지, 아니면 그보다 끔찍한 어떤 다른 생각 때문인지는 아무도 알 수 없었어.

후반전이 시작되었지. 우리는 이 사태를 어떻게 이해해야 할지 몰라 당황하다 까짓것 될 대로 되라지 하는 마음으로 지금껏 그랬던 것처럼 주장인 로비의 말을 믿기로 했어. 그러니까 자신들이 정말로 잘하고 있다고 생각하기로 한 거야. 우리는 단순한 사람들이니까. 우리는 그를 두려워하기도 했지만 한편으로는 그가 불쌍한 사람이라고 생각했고 또 한편으로는 그를 사랑하기도 했으니까. 그랬더니 이상하게도 정말로 모든 게 조금씩 나아졌지. 지고 있었지만 다들 이길 수 있다는 자신감이 넘쳤어. 우리는 전반과는 완전히 다른 팀이 됐지. 우리는 로비를 중심으로 똘똘 뭉쳤어. 동점 골을 넣은 다음에도 우리는 멈추지 않았어. 그리고 끝내 종료 직전에 역전 골을 넣었어! 골을 넣은 건 자기 실수를 만회하기 위해 필사적으로 뛰어다닌 레프트백이었지. 이제 와서 말하지만 그게 나였어.

동료들이 모두 내게 달려와서 부둥켜안고 축하해줬지. 그중에 로비의 목소리가 들렸어. 네가 해낼 줄 알았어, 이 망할 자식아! 최고야. 네가 우리 모두를 살렸어!

경기는 곧 끝났지. 관중들이 우승을 축하하려고 경기장으로 쏟아져 내려왔어. 그런데 로비는 혼자서 경기장을 빠져나가려 했지. 우리는 달려가서 그를 잡고 물었어. 도대체 오늘 왜 그 랬던 거냐고. 그리고 왜 지금 우승을 축하하지 않고 혼자 경기 장을 떠나는 거냐고. 혹시 우승 트로피로는 부족해서 그러는 거냐고. 그러자 그가 이렇게 말했어. 이제 축구 따윈 아무래도 좋아.

축구 따윈 아무래도 좋다니. 우리는 귀를 의심했어. 맹세코 그건 우리가 아는 로비 샌더슨이라는 사나이의 입에서 나올 수 있는 말이 아니었어. 하지만 그는 다시 한번 말했어. 축구 따윈 이제 정말 아무래도 상관없다고.

누군가 용기를 내서 물었지. 그렇다면 뭐가 중요한 거냐고. 축구보다 중요한 게 뭐냐고.

로비가 대답했어. 아내가 돌아왔어. 아내가 지금 애들과 함 께 집에서 나를 기다리고 있어. 나는 빨리 집으로 돌아가야 해. 오늘이 마지막 경기야. 난 이제 집으로 가서 다시는 돌아 오지 않을 거야. 내가 있을 곳은 여기가 아니라 바로 집이야.

그가 결코 농담이나 거짓말을 할 사람이 아닌 걸 알았기 때 문에 우리는 마지막으로 한 번씩 로비를 껴안았지. 그는 그렇 게 경기장을 떠났고 자신의 말대로 다시는 돌아오지 않았어. 그러고는 가족과 행복하게 살았지. 그가 세상 그 누구보다 따뜻한 남편, 자상한 아버지가 됐다는 이야기를 들었지.

그리고 아마, 마지막까지 그랬을 거야.

이야기를 마친 남자는 묘비를 쓰다듬었다. 묘비에는 로비 샌더슨과 그의 아내, 그리고 아이들의 이름이 새겨져 있었다.

긴 바지 자매

어렸을 때부터 아빠나 오빠를 따라다니면서 공을 갖고 놀았
어. 나더러 축구를 잘한다고 칭찬해줬지. 그런데 내가 학교에
들어가서 여자 축구 팀에 들어가겠다고 했더니 다들 반대하지
않겠어? 더 어이없었던 건 가장 심하게 반대한 게 엄마였다는
사실이야. 여자애가 무슨 축구냐고 하면서. 나를 지지해준 건
축구와는 담을 쌓고 살았던 큰오빠였어. 내가 축구를 할 수 있
었던 건 순전히 큰오빠 덕이었지.

다쳐서 올 때마다 엄마에게 야단을 맞았어. 내가 그래서 축
구 같은 건 하지 말라고 했잖아? 네가 조심하지 않으니까 다
친 거 아냐? 아빠나 오빠가 다쳐서 돌아올 때는 아무 말도 안
했으면서. 그래서 언젠가부터는 다쳐도 엄마에게는 얘기하지
않았어. 상처를 보여주지 않으려고 1년 내내 긴 바지만 입었
어. 치마를 입어야 할 때는 꼭 검은 스타킹을 신었고.

축구가 정말로 재미있었어. 학교의 여자애들과 하는 축구는 시시하게 느껴지기도 했지. 그래서 가끔 아빠나 오빠를 따라가서 같이 뛰기도 했는데 내가 공을 잡을 때마다 사람들이 웃어댔어. 그래도 좋았어. 축구 하는 게 재미있었으니까. 실력도 꽤 좋은 편이었어. 달리기에서도 몸싸움에서도 안 졌지. 그래서 난 남자들한테 결코 지지 않는다고 생각했어.

고등학교 때 학교에서 반 대항 시합을 벌였어. 축구 하는 애들, 하지 않는 애들 모두 섞여서. 상대 팀에 마리오라고 아주 억세고 고약한 애가 있었는데 어쩌다 보니 걔가 나를 맡게 됐어. 내가 한 번 걔를 멋지게 따돌렸는데 그걸 앙갚음을 하려고 그랬는지 그다음에 내가 공을 차려는데 달려와서 무릎을 걷어찼어. 아주 고의적이고 악랄한 반칙이었지. 처음에는 쓰러진 나를 보고 웃더라고. 그런데 내 다리가 덜렁대는 걸 보더니 그제서야 얼굴에서 핏기가 사라졌어. 나중에는 눈물까지 글썽이더라니까.

병원에 제일 먼저 달려온 건 엄마였어. 엄마는 침대에 누워 있는 나를 보고서는 처음에는 얼떨떨해 있다가, 잠시 뒤에 뭐라고 한마디 했는데, 나는 엄마가 그 말을 하는 걸 딱 한 번 들어봤어. 통일이 발표됐을 때. 굳이 말하자면 욕이었다고 해둘게. 어쨌든 엄마는 그런 다음 나를 끌어안고 막 울기 시작했어.

엄마는 언젠가 이런 일이 있을까 봐 그렇게 말리셨다는군. 내가 축구를 하다가 남자애들 틈바구니에서 크게 다치게 될까 봐. 남자들의 세계에서 여자가 살아가는 일이 얼마나 어렵고 위험한지, 그걸 내가 이런 식으로 깨닫게 되기를 바라지 않으셨던 거지. 나는 그걸 배우기 위해 내 다리 한쪽을 바쳤던 거고. 하지만 엄마 말을 듣지 않고 축구를 한 걸 후회하지는 않아. 만약 그런 일이 없었다면 엄마가 나를 어떤 방식으로 사랑하는지 끝내 알지 못했을지도 모르니까. 그리 비싼 대가는 아니지.

같이 축구를 하던 나지드라는 애 이야기를 해줄게. 나지드는 다른 나라에서 왔는데 얼굴이 조금 가무잡잡하고 눈 주위가 진해서 꼭 화장을 한 것처럼 보였지. 그렇게 예쁜 애한테 접근하는 남자가 없었다니 그때 우리 학교 남자애들은 다 눈이 삐었었나 봐. 아니면 히잡이 무슨 접근 금지 신호라도 되는 줄 알았거나.

우리 학교에는 아랍에서 이민 온 아이들이 몇 명 있었지만 히잡을 쓰고 다니는 애는 나지드 하나뿐이었어. 그래서 걔는 언제나 어디서나 눈에 띄었어. 아이들이 몰려 있으면 거기에 나지드가 있는지 없는지 한눈에 알 수 있었어. 그러니 우리가 연습하는 축구 경기장에 나지드가 자주 나타나는 게 눈에 띄지 않을 리 없었지.

어느 날 나지드에게 가서 말을 걸었어. 너 여기서 뭐 해? 나지드는 몸을 흔들면서 대답했어. 그냥 구경해. 축구 할 줄 알아? 아니. 축구 하고 싶어? 아니. 그럼 여기서 뭐 해? 그냥 구경한다니까. 그게 우리의 첫 대화였어.

어느 날 학교 버스가 고장 나는 바람에 집까지 걸어가게 됐어. 어머니는 시내에 모임이 있어서 나가셨고. 걷다 보니 앞에서 나지드가 혼자 걸어가는 게 보였어. 그래서 걔에게 말을 걸기로 했지.

나는 안네야. 나는 나지드. 네 이름은 다 알아. 그래도 상대가 이름을 말하는데 나도 말해야지. 너 사실은 축구 좋아하지? 응. 보는 것만 좋아해? 응. 그런데 왜 남자 팀 경기는 안 보고 여자 팀 경기만 봐? 나지드는 대답하지 않았어. 너 사실은 축구 하고 싶지? 나지드는 여전히 대답하지 않았어. 미아 햄 좋아해? 완전 좋아하지! 그때부터 나지드는 말문이 트였어. 미아 햄이 누구냐고? 그 당시에 세계에서 제일 유명했던 여자 축구 선수야.

그날부터 우리는 함께 다녔지. 우리가 어울려 다니는 걸 보고 애들은 긴 바지 자매라고 불렀어. 나는 상처 때문에, 나지드는 종교 때문에 늘 긴 바지를 입어야 했으니까.

어쨌거나 나는 나지드에게 축구화를 신기는 데 성공했어. 축구화를 신은 나지드는 두 발과 무릎으로 공을 튕겨 올리는 걸 반복했어. 아마 내버려뒀으면 한 시간은 계속했을 거야. 어디서 그런 걸 배웠느냐고 물으니까 어렸을 때 이모에게 배웠대.

나지드의 이모는 대학에서 신문방송학을 공부했는데 축구를 좋아해서 집에서는 히잡도 벗은 채 축구 연습을 했대. 축구를 얼마나 좋아했는지 가짜 수염을 붙이고 몰래 경기장에 간 일도 있었지. 나중에 영국 남자를 만나 결혼하더니 남편을 따라 영국에 가서 신문기자가 됐대. 이모는 나지드를 끔찍이 아껴서 어려서부터 자립심을 길러주려고 노력했대. 아니면 적어도 축구만이라도 가르쳐주려고. 그래서 나지드의 아빠는 이모를 몹시 미워했지.

난 나지드의 실력을 친구들과 코치에게 보여주고 싶어서 훈련에 억지로 데려갔어. 딱 한 경기만 같이 뛰었는데도 우리는 나지드의 실력이 보통이 아니라는 걸 단번에 알아봤어. 아니 그걸 알아보는 데는 5분도 안 걸렸고 인정하는 데는 10분도 안 걸렸지. 나머지 시간은 그저 나지드와 같이 축구를 하는 걸 즐겼던 거고. 물론 코치도 그걸 알아봤지. 코치는 나지드의 집에 찾아가서 나지드의 부모님을 만났어. 나지드의 아빠인 알합 씨는 근엄한 목소리로 딱 잘라 말했어. 안됩니다.

그 뒤로 나지드의 눈가가 더욱 어두워졌어. 매일 울다가 잠들었거든. 결국 손을 든 것은 알합 씨였어. 나지드는 축구를 해도 좋다는 허락을 받아냈어. 하지만 연습만이고 시합은 절대 안 된다는 조건이었지. 승낙을 받아내는 데는 엄마의 도움이 제일 컸어. 나지드의 엄마는 알합 씨에게 처음에는 동생을 못살게 굴어 쫓아내더니 이제는 딸까지 집을 뛰쳐나가야 속이 시원하겠느냐고, 계속 이런 식이라면 자기가 먼저 집을 나가겠다고 했대. 나중에 알합 씨는 나지드가 연습 시합에서 혼자서 두 골을 넣고 우리가 나지드에게 몰려가 부둥켜안는 걸 본 뒤에는 시합에 나가는 것도 허락해줬어.

내가 무릎 때문에 축구를 그만둔 뒤에도 나지드는 학교에 다닐 동안은 계속 축구를 했어. 코치는 나지드를 프로 리그로 보내고 싶어 했지만 나지드의 부모님은 허락해주지 않았어. 프로 선수가 되면 복장 규정 때문에 맨살을 드러내야 할 수도 있고 또 어쩌면 어쩔 수 없이 헤더를 해야 할 상황이 생길 텐데 그러다 히잡이 벗겨지기라도 하면 큰일이니까. 이번에는 엄마도 반대했어. 나지드도 그렇게 아쉬워하지 않았지. 그 정도면 할 만큼 했다고 생각했던 걸까.

나중에 나지드는 우리 큰오빠와 결혼해서 애를 둘 낳았어. 아주 귀여운 애들이었어. 큰애는 나중에 엄마처럼 축구를 잘하고 싶다고 했지.

그 아이에게 선물하려고 사둔 공을 줄게. 선물할 기회를 놓쳐버렸지만. 누군가 이걸로 축구를 해준다면 나도 나지드도,

그 애도 기쁠 거야. 아니 그건 알 수 없겠지. 그저 당신이 지금
껏 들었던 축구 이야기들처럼 이 공과 함께 우리의 이야기도
당신이 세계의 끝에 데려가주면 좋겠어.

프란츠는 삶의 의미를 깨달았다

프란츠가 열두 살 때 팀은 3부 리그로 떨어졌다. 강등이 확정되는 날은 비가 내렸다. 경기가 끝날 때까지 친구들과 함께 그 비를 고스란히 다 맞은 프란츠는 감기에 걸려 2주 동안 학교에 가지 못했다.

그날 이후로 프란츠의 인생에는 늘 비가 내리는 것 같았다. 함께 경기를 봤던 친구들 중 몇 명은 나중에 전쟁터에서 죽었고 또 몇 명은 더 나중에 공장의 화재로 죽었다. 살아남은 건 프란츠뿐이었다. 프란츠는 자신이 그저 운이 좋았을 뿐이라고 생각했다. 그는 친구들 몫까지 경기장을 찾았다. 그의, 혹은 그들의 팀이 승리하는 일은 드물었지만 그건 경기장을 찾지 않을 이유가 되지 못했다.

그가 홈경기에 가지 못한 것은 꼭 세 번뿐이었다. 결혼했을 때, 아이가 태어났을 때, 아이가 죽었을 때. 그는 생일 선물로

주려고 사둔 홈팀 저지를 아이와 함께 묻었다.

더 이상은 아이가 생기지 않았지만 프란츠와 그의 아내 마리아는 여전히 사이가 좋았고, 사이가 좋은 채로 조용히 함께 늙어갔다. 부부는 함께 경기장을 찾았고 가끔은 함께 원정 응원 버스를 타기도 했다. 팀은 여전히 이기는 날보다 지는 날이 많았다.

정년을 맞은 해에 그는 간에 암이 있다는 것을 알게 됐다. 얼마나 더 살 수 있을지는 의사도 모른다고 했다. 어쩌면 두 달 뒤일 수도 있었고 1년 뒤일 수도 있었다. 프란츠는 아내에게 이 사실을 알리지 않았다. 그저 퇴직하면 여행을 가자고만 말했을 뿐이었다. 그때까지 살 수 있을지는 몰랐지만 퇴직금이나 사망 보험금을 생각하면 공장을 그만둘 수는 없었다.

그해에 팀의 성적은 그리 나쁘지 않았다. 지역 신문에서는 어쩌면 이대로라면 3부 리그에서 우승해서 상위 리그로 승격하는 것도 가능하다고 떠들었다. 그러나 프란츠는 그 말을 믿지 않았다. 12년 전에도 이와 비슷한 일이 있었다. 그리고 20년 전에도. 더 나빠질 뻔한 해도 있었다. 어떤 해에는 실제로 간신히 강등을 모면하기도 했었다. 그는 그 모든 시즌을 기억했다.

어느 날 그는 아내와 함께 경기장을 찾았다. 팀은 이겼다. 다음 경기에서도, 또 다음 경기에서도 이겼다. 반드시 골을 넣어야 할 선수도, 골을 넣을 가능성이 있는 선수도 골을 넣었다. 또 골을 넣으리라 기대하지 않았던 선수도 골을 넣었다. 그가 지켜본 세 번의 경기에서는 두 명의 수비수가 골을 넣었는데 한 명은 3년 만에, 또 한 명은 8년 만에 넣은 골이었다. 전국 방송에서 앵커가 팀 이름을 거론할 때 그는 자신의 귀를 의심했다. 이 모든 것이 정녕 지금 일어나고 있는 일이란 말인가. 왜 하필이면 지금.

리그의 마지막까지 세 경기를 남겨뒀을 때 팀은 리그 1위로 올라섰다.

당신은 왜 술집에 가지 않아요? 마리아가 물었다.

아니, 난 몸이 좀 피곤한 것 같아요. 프란츠가 대답했다.

그러지 말고 나가서 친구들과 지내고 오세요, 프란츠.

그는 술집에 가는 대신 거리를 산책하고 집으로 돌아왔다.

다음 경기에서 팀은 졌고 선두 자리를 내줬다. 그는 안심했다. 하지만 공장의 다른 동료들은 남은 대진표를 보며 1위는 어려워도 2위는 할 수 있을 거라고 했다.

프란츠는 믿지 않았다.

결과는 그가 생각한 대로였다. 팀은 남은 두 게임을 모두 지고 3위로 리그를 마쳤다. 그래도 아직 기회가 있다고 사람들은 말했다. 우승은 물 건너갔지만 아직 플레이오프가 남았다. 승격하려면 4위와의 경기에서 이기고 또 2위와의 경기에서도 이겨야 했다. 그건 불가능하지는 않지만 꽤 어려운 일이었다. 늘 비가 오는 어떤 도시에서 2주간 맑은 날씨가 이어지는 것만큼이나. 간암이 마지막 경기 날까지 기다려주는 것만큼이나. 그는 가끔 밤에 식은땀을 흘리며 잠을 깼다. 배가 점점 불러오며 꺼질 줄 몰랐다.

플레이오프 첫 경기에서 이기자 작은 공업 도시 전체가 축제 분위기로 들썩였다. 거리에서 만나는 모든 사람이 그날의 경기에 대해 얘기했다. 모르는 사람들이 서로 얼싸안고 볼에 입을 맞췄다.

프란츠. 우리 같이 나가요.

난 그러고 싶지 않아요.

그러지 말고요.

결국 그는 아내의 손에 이끌려 술집에 가서 친구들과 어울렸다.

승격을 결정짓는 경기가 있기 전날 밤 그는 꿈에서 한 젊은이를 만났다. 젊은이는 키가 크고 잘생겼는데 왠지 낯이 익었고 오래된 유니폼을 입고 있었다. 그 낯선 젊은이가 웃음을 짓자 프란츠는 그가 자신의 아들이라는 걸 알 수 있었다. 그는 아들과 함께 패스를 주고받았다. 꿈속에서는 배가 조금도 아프지 않았다.

경기가 있던 날은 조금씩 비가 내렸다. 원정 응원석에는 다른 도시에서 온 원정 팀의 응원단이 스카프를 흔들며 노래를 부르고 있었다. 하지만 그들의 노래는 홈팀 관중들이 지르는 함성에 묻혀 전혀 들리지 않았다. 홈 관중의 대부분은 공장의 노동자들과 그들의 가족이었다. 그리고 그들 중 상당수가 오래전의 화재로 죽은 누군가의 가족이었다.

원정 팀이 먼저 한 골을 넣었다. 순간 도시 전체가 싸늘한 침묵에 빠졌다. 열광하는 건 북쪽 스탠드의 원정 팀 응원단뿐이었다. 하지만 잠시 뒤 홈팀을 응원하는 고함과 노랫소리가 들리기 시작하더니 점점 커졌다. 그 소리는 휴식 시간에도 멈추지 않았다. 소리 한가운데서 프란츠는 안절부절못하며 떨었다. 마리아는 그런 그의 허리를 끌어안았다. 어쩌면 마리아가 자신의 병을 알고 있을지도 모른다고 프란츠는 생각했다. 그래서 일부러 경기장에 데려온 것인지도 모른다고.

후반전 25분에 홈팀이 골을 넣자 관중들은 제정신이 아니었다. 소리만으로도 부서질 만한 경기장이었다면 경기장은 그 순간 무너졌을 것이다.

이후 경기는 팽팽하게 계속되다 연장전에 들어갔다. 이제 소리를 지르는 사람들은 소리를 지르고 소리를 지르지 않는 사람들은 기도했다. 사람들은 상대 팀 선수의 발밑에 있는 잔디가 엉겨 있기를, 우리 팀 선수의 등에 날개가 달리기를, 갑자기 상대 팀 선수의 눈이 흐려지기를, 우리 팀 선수의 지친 몸에 자신의 뜨거운 피가 흐르기를 바랐다. 그리고 상대가 찬 공은 자석의 같은 극이 밀어내듯 우리 편 골포스트에서 한없이 멀어지기를, 우리가 찬 공은 자석의 다른 극이 잡아당기듯 갑자기 상대 골대를 향해 빨려 들어 날아가기를 기도했다. 노동자들은 자신이 알고 있는 가장 신비하면서도 자연스러운 현상을 떠올렸다. 기도란 언제나 어느 정도는 현실적이면서도 동시에 기적을 향하게 되는 법이니까.

하지만 골은 터지지 않았고 연장전 후반전도 거의 끝나갔다. 이때 한 선수가 공을 잡았다. 그는 빠르지도 느리지도 않게 공을 몰고 가다 중앙으로 들어가는 동료에게 패스한 뒤 갑자기 속력을 높여 수비수 뒤로 달려갔다. 기회를 알아차린 관중들은 소리를 지르기 시작했다. 하지만 프란츠는 아무 소리도 내지 못했다. 그저 눈을 크게 뜨고 방금 눈앞을 스치듯 달려 지나간 그 선수의 등을, 거기에 박힌 이름만을 쳐다볼 뿐이었다. 중앙에 있던 선수가 다시 스루 패스를 보냈다. 공을 받은 선수는 공을 두 번 건드린 다음 오른쪽으로 수비수를 제치고 슛을 날렸다. 공은 한껏 뻗은 골키퍼의 손끝에서 5센티 떨어진 곳으로 날아갔고 모든 사람이 그 순간 숨을 참았다. 잠시 뒤 네트가 흔들렸다.

공은 골대 안에 들어가 있었다.

수만 관중의 함성이 한꺼번에 터졌다. 대개는 기쁨에 취해

지르는 의미 없는 환호성이었지만 그중에는 선수의 이름을 부르는 목소리도 섞여 있었다.

오스카!

프란츠는 그 이름을 중얼거렸다. 아들이 죽은 후로는 단 한 번도 입 밖에 내지 않았던 그 이름을. 프란츠와 마리아는 함성을 지르며 펄쩍펄쩍 뛰어오르는 사람들 사이에서 서로를 오랫동안 끌어안고 있었다. 둘 다 팔과 옆구리가 아파올 때까지.

경기가 끝난 뒤 사람들은 노래를 부르며 어깨동무를 한 채 행진을 하거나 스카프를 흔들며 행복한 얼굴로 경기장을 빠져나갔다. 그들은 스탠드 앞줄, 오래된 팬들이 앉는 지정석에 부부로 보이는 두 노인이 꼭 끌어안고 있는 것을 보았다. 두 사람은 움직이지 않았다.

로미에타와 훌리오

훌리오는 여자를 싫어하기로 소문이 나 있었다. 어렸을 때부터 그에게는 단 한 명의 여자 친구도 없었다. 그의 근처에 있는 여자라고는 어머니와 여섯 명의 여자 형제가 전부였다. 그래도 사람들은 그가 여자보다 남자를 더 좋아한다고는 생각하지 않았다. 그는 여자를 싫어하는 만큼 남자도 싫어했으니까. 그가 남자를 얼마나 싫어하는지는 그가 뛰는 경기를 단 한 번만 봐도 알 수 있었다. 그는 압도적인 힘을 가진 수비수였고 리그에서 가장 거친 선수 중 하나였다. 그는 동료에게 소리를 질렀고 상대에게 거친 수비를 날렸고 심판의 등 뒤에서 침을 뱉었고 감독과 코치에게 사사건건 대들었다. 한마디로 그는 몸과 입 모두 거칠었다. 사람들은 리그에 훌리오가 한 명 더 있었으면 아주 볼만한 싸움이 벌어졌을 거라고 말하고는 했다. 하지만 훌리오는 한 명뿐이었고 아무도 그의 몸과 입을 감

당하지 못했다. 그런데 만약 그의 몸과 입이 한판 붙었다면 몸은 재빨리 도망쳐야 했을 것이다. 세상에 그의 거친 입을 다물게 할 수 있는 건 대포밖에 없었다. 하긴 그의 말이 대포알 같았으니 정말 대포가 나섰다 해도 그의 입을 막기는 어려웠을 것이다.

로미에타는 남자를 싫어하기로 소문이 나 있었다. 그녀의 집 앞은 그녀의 관심을 끌려고 어슬렁거리는 코흘리개, 멋쟁이 청년, 중년의 신사, 마을 노인으로 발길이 끊일 일 없었지만 그녀는 눈길도 주지 않았다. 바보들이 물러나지 않으면 그녀는 창으로 몸을 내밀고 욕을 퍼부었으며 심지어는 물을 끼얹기까지 했다. 그래도 떠나지 않으면 여섯 명의 오빠 중 한 명이 나가서 쫓아버렸다. 그녀가 좋아한 건 오직 축구뿐이었지만 오빠들은 그녀를 축구공 근처에는 얼씬도 못 하게 했다. 그녀는 오빠들 때문에 선수도, 감독도, 코치도, 팀 닥터도, 구단 직원도 될 수 없었다. 심지어는 관중마저 될 수 없었다. 관중석이 너무나 위험하다는 이유로 오빠들이 경기장 입구마다 지켜 서서 그녀가 경기장에 들어가는 걸 막았기 때문이었다. 딱 하나 허용된 것은 오빠들이 경기장에 갔을 때 집에서 라디오로 축구 중계를 듣는 것뿐이었다. 그래서 그녀는 앵커가 되기로 했다. 오빠들은 그녀가 방송국에 취직해서 스포츠국에서 일하는 건 막을 수 없었다.

로미에타가 처음으로 중계를 맡아 보도석에 들어서자 훌리오가 이미 앉아 있었다. 은퇴한 훌리오 역시 그 경기에서 처음으로 해설을 맡았던 것이다. 두 사람은 경기가 시작하기도 전부터 상대가 얼마나 끔찍한 인간인지를 알게 됐다. 그래서 그들은 처음으로 맡은 중계를 위해 며칠 동안 준비해 온 자료를 팽개치고는 자신의 모든 걸 동원해 상대를 헐뜯기 시작했다. 로미에타가 두 팀 감독의 작전을 비교하자 훌리오는 작전 따위는 개나 줘버리라고 말했다. 훌리오가 선수의 기량을 비웃자 로미에타는 자신이 예전에 알던 어떤 선수는 최악의 저질스러운 태클을 날리고도 지금 자기 옆에 앉아 경기를 해설하고 있다고 말했다. 로미에타가 아름다운 패스를 칭찬하자 훌리오는 저런 건 기생오라비들이나 하는 플레이라고 대꾸했다. 훌리오가 선수들이 지쳤다고 수비선을 내려서는 안 된다고 말하자 로미에타는 섣불리 수비를 올리면 뒤에 공간을 내줘 역습에 당하기 쉬우니 선수를 빨리 교체하는 게 더 낫다고 말했다. 훌리오는 로미에타에게 당신이 축구에 대해 뭘 아느냐고 말했고 로미에타는 나도 당신이 아는 것만큼은 안다고 대답했다. 훌리오가 자기는 20년 동안 리그에서 뛰었고 우승 반지까지 끼고 있다고 말하자 로미에타는 자기는 20년 동안 라디오 중계를 준비해서 방송국에 취직했다고 말했다. 그러다 골이 터지자 둘은 동시에 '골—!' 하고 외쳤다. 서로를 향한 맹렬한 공격에 이어 함께 외치는 골은 바리톤과 메조소프라노의 멋들어진 이중창으로 들렸다.

방송국으로 돌아온 로미에타에게 상사는 첫번째 중계를 그렇게 망쳐버렸으니 앞으로 경기 중계를 맡을 생각은 하지도 말라고 했다. 하지만 다음 날 그는 로미에타를 다시 불러서는 다음 경기에서도 중계를 맡게 될 테니 준비를 잘 해두라고 말했다. 해설자는 여전히 홀리오였다. 로미에타와 상사는 라디오 앞에 앉은 사람들이 리그 최악의 사나이 홀리오와 똑소리 나는 젊은 여자 앵커가 말싸움을 하다 씩씩거리는 걸 들으며 얼마나 재미있어 했는지 몰랐다. 그 사람들 중에는 방송국 사장도 있었다. 게다가 사장은 오페라광이었고 혼성 이중창이라면 사족을 못 썼다.

리그가 계속되는 동안 둘의 말싸움은 하루도 그치지 않았다. 한번은 홀리오가 이래서 여자는 안 된다고, 축구는 남자의 스포츠이며 모든 남자의 핏속에는 축구에 대한 열망이 끓어오른다고, 만약 두 다리가 멀쩡한데도 축구를 하지 않는 남자가 있다면 그건 사내 구실을 못하는 놈이 분명하다고 말했다. 로미에타는 만약 어떤 남자가 가족을 먹여 살리기 위해 하루도 쉬지 않고 일을 하다 어느 날 한쪽 다리를 못 쓰게 됐다면 그것도 사내 구실을 못하는 거냐고 물었다. 홀리오는 그 남자가 당신네 가족이라도 되느냐고 물었고 로미에타는 한동안 아무 말도 하지 않았다. 한번은 흥분한 홀리오가 로미에타에게 한 번만 더 입을 나불거리면 여자라도 봐주지 않을 거라고 말하자 로미에타는 홀리오에게 당신은 입만 산 겁쟁이고, 여자를 때릴 생각을 하는 건 어렸을 때부터 어머니가 맞는 걸 보고 자란 불쌍한 울보 꼬마들밖에 없다고 응수했다. 잠시 뒤 문을 쾅 닫는 소리가 들렸고 그날 경기가 끝날 때까지 로미에타는 혼자서 중계를 해야 했다.

홀리오의 여자 형제들은 홀리오가 드디어 제대로 된 적수를 만났다며 좋아했고 그건 로미에타의 남자 형제들도 마찬가지였다. 그들은 경기 중계를 들으며 낄낄대다가 저 버르장머리 없는 것이 남자를 존중할 줄 모른다며, 혹은 저 무식한 놈이 여자를 함부로 대한다고 욕하는 것도 잊지 않았다.

중계 틈틈이 개인적인 이야기를 하는 일이 조금씩 늘어났다. 처음에는 날씨나 물가, 감기 이야기를 했다가 휴가를 어디로 갔는지 어떤 영화를 봤는지 묻기도 했으며 가족의 안부를 묻는 일도 있었다. 그것도 말싸움을 하면서 그랬다. 이를테면 로미에타가 오늘은 비가 올 것 같다고 말하면 홀리오가 자신은 비가 오지 않는 쪽에 걸 것이며 그 이유는 우산을 안 챙겨 왔기 때문이라고 말하고, 그러면 로미에타는 이런 날 우산을 가져오는 대신 그저 비가 오지 않기를 바라는 건 어쩐지 바보 같은 생각 아니냐고 답했다. 로미에타가 바닷가로 휴가를 갔는데 비가 와서 별로 즐기지 못했다고 말하면 이번에는 훌리오가 우산은 챙겨 가지 않았는지, 하긴 우산을 들고 수영을 했다면 참으로 볼만했을 거라고 말했다. 훌리오가 자기 누나들을 흉보면 로미에타가 당신은 여자에 대해 아무것도 모르며 여자가 원하는 건 그저 자신을 존중해주는 것이라고 말하고 훌리오는 로미에타에게 남자가 여자에게 바라는 것도 바로 그것이라고 말했다. 그리고 둘은 서로에게 그렇게 여자 혹은 남자에 대해 잘 알면서 왜 아직 결혼을 하지 못했느냐고 물었다. 훌리오가 자기는 누나들에게 치여서 이제 여자는 꼴도 보기 싫으며 자기 인생에 여자는 엄마와 누나들로 충분하다고 말하면 로미에타는 자기도 마찬가지라고 말했다. 둘이 공통점이 많다는 걸 수많은 사람들이 알았지만 정작 당사자들은 모르고 있었다.

컵 대회의 결승전에 오른 팀은 훌리오가 뛰던 바로 그 팀 '사자들'이었다. 사자들은 리그에서는 하위권이었지만 컵 대회에서는 기적 같은 연승으로 결승전에 올랐다. 사람들은 로미에타 역시 비록 대놓고 말하지는 않았지만 그 팀을 응원한다는 걸 알고 있었다. 훌리오가 어쩐지 침울한 목소리로 자기가 떠난 팀이 우승에 도전하는 걸 보노라니 마치 그동안 자기 때문에 우승하지 못했던 게 아닌가 하는 생각이 든다고 말하자 로미에타는 전혀 그렇지 않다고, 훌리오는 최고의 시야와

좌우 움직임을 가진 리그 최고의 수비수였으며 그가 있었기 때문에 팀이 이렇게 발전할 수 있었던 거라고 말했다. 로미에타가 두 팀의 출전 선수 명단과 리그 성적과 두 감독의 전술을 비교한 기나긴 분석을 내놓으며 사자들의 우승 가능성을 비관하자 홀리오는 로미에타의 준비성을 칭찬하며 그녀의 의견에 전적으로 동의한다고, 하지만 축구란 워낙 변수가 많은 스포츠이기 때문에 경기가 끝날 때까지는 절망할 필요가 없다고 말했다.

사자들은 고양이처럼 경기를 시작했고 전반전이 끝날 때까지 계속 그랬다. 그들은 45분간 겁먹고 당황한 고양이처럼 운동장을 쫓아다니다 세 골이나 내주고는 경기장을 터덜거리며 빠져나갔다. 하프타임에 홀리오는 로미에타에게 어디 그 잘난 분석이나 계속 해보라고 말했고 로미에타는 홀리오에게 변수 따위는 개나 줘버리라고 말했다. 로미에타가 사자들은 원래 멍청하고 악랄한 수비로 유명했는데 그게 다 홀리오 때문이라고 말하자 홀리오는 자기가 선수 생활을 할 때는 공이든 사람이든 둘 중 하나는 절대로 통과시키지 않았으며 지금 자기가 경기에 나서도 저것들보다는 나을 거라고 말했다. 로미에타가 그럼 어서 운동장으로 가보시라고 말하자 홀리오는 문을 쾅 닫고 나가버렸다.

후반전이 시작되자 홀리오는 자리로 돌아왔고 중계를 계속

했다. 둘은 말싸움을 그치지 않았지만 사자들의 첫 골이 터지자 그 어느 때보다 짜릿한 이중창으로 골을 외쳤다. 이제 그들은 말싸움은 잊고 환상적인 호흡을 보이며 중계에 빠져들었다. 사자들의 두번째 골이 터지자 그들은 폐활량이 다할 때까지 골을 외쳤다. 듣는 이들까지 흥분 때문에 숨이 막힐 정도로 긴 외침이었다. 사자들이 한 골을 더 넣어 경기는 동점이 됐고 후반전은 이제 5분도 채 남지 않았다. 연장전으로 넘어가면 지칠대로 지친 사자들은 경기장에 쓰러질 것이 분명했다. 로미에타와 홀리오는 안절부절하지 못했다.

지금 뛰어야 합니다. 이 마지막 5분 안에 뭔가 해내야 합니다. 사자들 위기입니다. 이 멍청한 사자들. 지금 저기서는 물어뜯어야 한다고요! 위험한 곳에서 공을 뺏기고 말았습니다. 미드필더가 얼른 내려와서 수비를 쌓아야 합니다. 태클로 저지해야 해요. 아 실패했습니다. 운동장에 도대체 뭘 발라놓은 건가요? 하지만 괜찮습니다. 시간을 끌어준 덕분에 수비가 다 내려와 있어요. 이때 사자들, 공을 가로챕니다. 저기서 시간을 끌면 안 됩니다. 가운데로 내주는군요. 오른쪽을 봐야죠! 가운데로 달려야 해요!

지쳐서 한 걸음도 못 뛸 것 같던 라이트윙어가 센터링했다. 빗맞은 듯 높이 솟은 공은 달려오던 공격수의 머리를 넘고 그 뒤를 쫓아오던 수비수의 머리를 넘고 골대 앞에 나와 있던 골키퍼의 손을 넘었다. 그리고 그 뒤에는 또 다른 공격수가 있었다. 그가 넘어지듯 앞으로 쓰러지며 공을 머리에 맞혔다. 공은 땅에 한 번 튄 다음 네트 안으로 들어갔다.

그때까지 흥분 때문에 계속 숨을 들이마시고 있던 둘은 동시에 외쳤다. 고오오오오오오오오오오올! 경기장은 함성으로 뒤덮였다.

라디오 앞에서 초조하게 기다리던 사람들은 어리둥절했다. 이 기적적인 순간에 해설자도 앵커도 아무 말도 하지 않았기 때문이다. 도대체 누가 어떻게 골을 넣은 건지 그들은 알 수 없었다. 대신 그들은 어떤 남자가 이렇게 말하는 걸 들었다.

내 이럴 줄 알았어! 처음부터 이렇게 될 줄 알았다고! 사자들도 나도 마법에 걸린 게 분명해. 이게 마법이 아니면 뭐겠어. 이 빌어먹을 마녀 같으니. 나랑 결혼하겠다고 말해, 지금 당장!

라디오 앞에 있던 사람들은 순간 자신의 귀를 의심했다. 라디오가 고장 나서 갑자기 다른 방송이 나오는 건가? 방송국의 멍청이들이 뭔가 사고를 저질렀나? 하지만 그게 아니었다. 그건 분명 홀리오의 목소리였고 배경으로 관중의 함성이 계속 들려오고 있었다.

그때 로미에타의 목소리가 들렸다. 이 무식한 바보 멍청이 같으니. 지금 그걸 프러포즈라고 하는 거예요? 당장 무릎을

158

꿇어요! 그리고 반지가 있어야지! 지금 당장 손가락에 낀 그걸 빼요. 사람들은 이제야 무슨 일이 일어나고 있는 건지 알아차렸다.

하지만 이건 우승 기념 반지인데? 훌리오가 당황한 목소리로 말했다.

지금 그걸 따질 때예요? 어떤 게 더 중요해요? 우승 반지에요, 아니면 나예요?

라디오 앞의 사람들은 이 사랑의 레치타티보를 들으며 훌리오 저 바보 멍청이가 아무것도 모른다고, 당장 그 반지를 빼고 무릎을 꿇어야 한다고, 사랑을 맹세하는 데 그깟 우승 반지가 대수냐고, 그래도 우승 반지는 너무하지 않느냐고, 반지야 다음에 더 멋진 걸로 해주고 일단 승낙을 먼저 하면 되는 거 아니냐고, 남자 여자를 가리지 않고 저마다 한마디씩 했다.

형제

황은 가구를 만드는 기술자였다. 그가 일하는 공장에는 외국인 노동자들이 많았다. 그중에서 알리는 호리호리한 몸에 눈이 크고 성실하고 똑똑했다. 나중에 황은 그가 자기 나라에 있을 때 의대에 다녔다는 걸 알게 됐다. 다리를 다친 아버지를 대신해 가족을 먹여 살리고 학비를 벌기 위해 이 나라에 왔다는 것도. 알리는 성격도 좋아 동료들 사이에서 인기가 있었다. 황은 알리가 마음에 들어서 자신을 형이라고 부르라고 했다.

한번은 공장의 노동자들이 뒷마당에서 축구를 하고 있는 걸 알리가 보고 있었다. 황은 알리에게 축구를 할 줄 아느냐고 물었다. 알리는 잘하지는 못하지만 해본 적은 있다고 대답했다. 그리고 자기들 중에는 축구를 아주 잘하는 친구들도 있다고 했다. 토박이 노동자들과 외국인 노동자들은 그때까지 한 번도 함께 축구를 한 적이 없었다. 그들은 처음으로 함께 경기를 하게 됐다. 황은 알리와 호흡이 잘 맞았다. 그날부터 둘은 함께 축구를 하게 됐다. 이기건 지건 황은 알리와 함께 축구를 하는 게 재미있었다.

가끔 황은 알리를 데리고 나가 밥을 사줬다. 버스를 한참 타고 가서 바다를 구경하고 오기도 했고 함께 영화를 보러 가기도 했다. 영화가 끝난 뒤에야 황은 알리가 빠르게 지나가는 자막을 제대로 못 읽었을 거라는 게 생각났다. 그런데 알리는 자막 없이도 영어 대사를 다 알아들을 수 있다고 했다. 그걸 알게 된 황은 왠지 우울해졌다.

어느 날 황은 공장장이 외국인 노동자 몇 명을 불법 체류로 고발할 거라는 걸 알게 됐다. 그건 밀린 월급을 떼먹으려는 고용주들이 써먹는 수법이었다. 그리고 그 명단에는 알리도 있었다. 황은 그걸 알리에게 말해야 할지 말아야 할지 알 수 없었다. 미리 알려주면 알리는 친구들과 함께 어딘가로 피신해서 다른 직업을 찾을 것이었다.

점심에 축구를 하는 동안 황은 그 생각으로 신경이 날카로워져 있었다. 함께 축구를 하는 무리 중에는 알리를 포함해 명단에 이름이 있던 외국인 노동자들도 있었다. 황은 줄곧 투덜대며 욕을 했고 아무에게나 시비를 걸었다. 누군가가 무식한 놈이 성질만 부린다고 빈정댔다. 황이 상대의 멱살을 잡고 주먹을 날리려고 하는데 알리가 뛰어들어서 말렸다.

친구, 그러지 마, 형. 알리가 말했다.

내가 왜 니 친구야, 이 깜둥이 새끼야! 황은 소리를 질렀다.

모두 그 자리에서 멈췄고 한참 동안 아무도 움직이지 않았다. 사람들은 하나둘 그 자리를 떠났다.

다음 날 오전에 황은 트럭을 몰고 배달을 나갔다. 그건 굳이 그가 하지 않아도 되는 일이었다. 출입국 사무소 사람들은 점심시간에 들이닥쳤고 명단에 있던 사람들을 데리고 떠났다. 황은 알리가 얼마 뒤에 자기 나라로 돌아갔다는 걸 알게 됐다.

나중에 황은 편지를 받았다. 알리가 보낸 것이었다. 알리는 편지에 고맙다고 썼다. 그리고 둘이 함께했던 것들에 대해 썼다. 황이 밥을 사준 일이나, 데리고 나가 구경시켜준 것들, 함께 본 영화, 그리고 함께 한 축구에 대해서. 편지에는 원망의 말이라고는 없었다. 알리는 그동안 자신에게 잘 해 줘서 고마웠다고 쓰고, 형, 보고 싶어요,라고 썼다. 가족과 찍은 사진도 함께 보냈다. 황은 편지를 다 읽은 다음 찢어서 버렸다. 다음 날 그는 조각난 편지를 한데 모아서 테이프로 이어 붙였다.

황은 회사를 그만두고 알리의 나라에 갔다. 그는 자신이 왜 알리를 만나려 하는지 알 수 없었다. 그저 알리에게 사람으로서 못 할 짓을 했다고 생각했다. 그래서 알리를 만나 사과하고 싶었다. 그런데 사과의 말은 편지로도 할 수 있는 게 아닌가? 황은 그런 사과는 얼굴을 마주하고 해야 한다고 생각했다. 그는 알리가 사는 곳을 어렵게 찾아가 사람들에게 알리의 가족 사진을 보여줬다.

형! 하는 소리가 들려서 돌아보니 알리가 서 있었다. 만나면 제일 먼저 말해야겠다고 생각해 왔던 사과나 인사는 간데없이 사라지고 황의 입에서 튀어나온 건 그놈의 상스러운 욕이었다. 바보 같은 새끼, 너는 어떻게 인사도 없이 가버리고…… 그는 자기가 하는 말이 앞뒤가 맞지 않는다는 걸 알고 있었다. 그러나 무슨 말을 하면 좋을지 몰랐다. 하려던 말들이 많았지만 하나도 생각나지 않았다.

그날 오후에 둘은 같이 축구를 했다. 이번에는 알리의 친구들, 동생들과 함께였다. 여전히 알리와 함께 축구를 하는 건 즐거웠다. 황은 이러려고 여기까지 온 게 아니라고 생각하면서도 이러면 된 거 아닌가 하고도 생각했다. 앞으로 어떻게 될지는 그 순간에는 조금도 생각하고 싶지 않았다.

폭풍 속의 악령

어두워지기 전에 다음 마을에 도착할 것 같았는데 먹구름이 몰려오며 천둥이 치더니 비가 쏟아지기 시작했다. 비를 피할 데라고는 보이지 않았고 언제까지 계속 올지도 알 수 없어 켄은 계속 걷기로 했다. 돌아보니 개는 흠뻑 젖은 털이 무거운지 고개를 숙인 채 걷다가 켄을 물끄러미 쳐다봤다. 그리고 켄이 걷기 시작하자 다시 고개를 숙이고 따라오기 시작했다.

어느 틈에 해가 진 건지 아니면 구름이 무거워서인지 주위는 캄캄했고 비바람 때문에 눈을 제대로 뜨고 있기도 어려웠다. 번개가 칠 때 잠깐씩 보이는 풍경에 의지해 걸음을 옮기면 곧이어 천둥이 몸을 뒤흔들었다. 켄은 그 모든 것에 지지 않으려는 듯, 혹은 자신이 거기 있다는 걸 확인하려는 듯, 아니면 천둥소리가 그의 속에 있는 소리를 일깨운 듯, 아니면 그저 그게 언젠가부터 버릇이 됐기 때문에, 입을 열어 혼잣말을 하기 시작했다.

예전에 이렇게 밤의 폭풍우 속을 걷던 노인이 있었어. 그 노인은 가족에게 버림받고 폭풍우가 날뛰는 들판을 헤매다 끝내 미쳐버렸지. 미쳐버린 그 노인에게는 시종이 하나 있었는데 그 시종은 폭풍우 속에서도 노인의 곁을 떠나지 않고 보살피려 했지. 이것 봐. 내게도 곁을 지켜주는 개가 있어. 개가 비에 젖어서 몸이 상하거나 병에 걸리지 않아야 할 텐데. 저 녀석은 먹을 걸 줄 때를 빼고는 내게 다가오려고 하지 않아. 그렇다고 멀리 떨어지려고 하지도 않지. 어쩌면 저건 개가 아니라 다른 뭔가일지도 몰라. 내 죽음을 지켜보려고 따라오는 사신일지도 모르고 또 어쩌면 내 허무가 모습을 갖춘 건지도 몰라. 뭐가 됐든 난 녀석을 떨쳐버릴 수 없어. 그렇다면 끝까지 함께 가는 수밖에. 그게 어디든 말이야. 우리가 이 길을 어디까지 갈 수 있을까. 지금은 폭풍우 때문에 아무것도 보이지 않아. 마치 여기가 세상의 끝인 것처럼 느껴지는군. 하지만 그럴 리 없어. 여기는 불빛이 없으니까. 불빛은 저 산비탈 너머 어딘가에 있었어. 지금은 보이지 않지만.

예전에 나처럼 불빛을 보며 살아간 어떤 남자가 있었어. 그는 강 건너의 불빛을 보며 자신의 사랑과 열망을 키웠지. 그 불빛이 있는 곳에는 그가 사랑하는 여자가 있었고. 그는 원하는 모든 것을 거의 손에 넣을 뻔했지만 그가 쌓아 올린 것들과 함께 허무하게 무너져버렸어. 그리고 그를 거기까지 끌고 갔던 건 바로 그 불빛이었어. 강 건너의 초록색 불빛. 내가 쫓아가는 그 불빛은 어디서 빛나고 있는 걸까. 그게 과연 세계의 끝에서 빛나고 있는 걸까. 아무도 내게 그렇게 말한 적 없는데 왜 난 그런 생각을 했던 걸까. 아니 정말 그런 불빛이 있기는 한 걸까. 내가 미쳐서 헛것을 본 건 아닐까.

아까부터 혼잣말을 하고 있는 것도 미쳐간다는 증거인지도 몰라. 외로운 사람이 혼잣말을 하지. 예전에 혼자 배를 타고 나가 낚시를 하던 노인이 있었지. 그 노인도 바다 한가운데서 아무도 들어주는 사람이 없는데 혼잣말을 하고는 했어. 그는 84일 동안 물고기를 한 마리도 잡지 못하다가 마침내 커다란 청새치를 잡았어. 하지만 돌아오는 길에 상어 떼를 만나고 말았지. 결국 집에 돌아왔을 때 청새치는 뼈만 앙상하게 남아 있었어. 이 역시 허무한 이야기로군. 그 노인에게 남은 게 뭐지? 단지 꿈 몇 조각뿐이지. 그 노인도 나처럼 꿈을 꿨거든. 젊은 날 아프리카의 해안에서 봤던 사자의 꿈을.

나는 왜 축구 꿈을 꾼 거지? 그 꿈이 아니었다면 나는 아직도 집에 있었을지도 몰라. 매일 아침마다 서재에 올라가서 써지지 않는 글을 쓰겠다고 모니터를 노려보고 있었을 테지. 그리고 오후에는 달리기를 했을 거야. 질리지도 않고 매일매일. 아니, 분명 질리기는 했을 거야. 어쩌면 나는 길을 떠나기 전부터 이미 질려 있었던 건지도 몰라. 달리 할 수 있는 일이 없었으니까 하고 있었던 거지. 그거라도 하지 않으면 정말로 아무것도 남지 않을까 봐. 내가 허무에 지지 않았다는 증거가 그런 것들뿐이라서.

무슨 말을 하고 있었더라. 요즘은 이렇게 잊어버리는 일이 많아. 나이가 들어가기 때문일까. 집을 떠나온 지 얼마나 됐을까. 몇 년은 됐을 거야. 어쩌면 더 됐을지도 몰라. 내가 집을 떠나온 건 꿈 때문이었어. 그래 꿈. 축구 꿈 이야기를 하고 있었지. 나는 왜 축구 꿈을 꾸었을까. 왜 다른 무엇이 아니라 축구였을까. 내가 허무 속에서 가장 강하게 바란 게 그거였을까? 그럴 리가 없어. 내 삶에서 가장 큰 기쁨은 에이미였어. 내 딸. 소원 하나를 빌라고 하면 그 애를 다시 돌려달라고 말할 거야.

지금 그 애가 내 꼴을 보면 뭐라고 할까. 비가 오는데 밖에서 뭘 하고 있는 거냐고 물을까. 우산이나 비옷을 가져다 줄까. 어쩌면 에이미는 그저 깔깔대며 웃을지도 몰라. 그런데, 이상하지. 그 애의 웃음소리가 생각나지 않아. 웃는 얼굴도. 허무가 내 기억마저 가져가버렸나 봐. 아니면 내가 너무 오랫동안 그애를 떠올리지 않았기 때문일까. 아니면 너무 많이 떠올려서 이제 모두 지워져버린 걸까. 생각나는 건 허무가 찾아왔던 날의 그 표정뿐이야. 그날 그 애는 이 세계에 의미 있는 건 아무것도 없다는 걸 알아버렸어. 이대로 계속 살아봐야 남는 건 결국 허무뿐이라는 것도. 그 애에게는 나도, 내가 준 사랑도, 앞으로의 인생도 모두 아무런 의미가 없었어. 그래서 그 애는 죽은 거야. 지금 네 꼴을 보더라도 그 애는 똑같은 눈으로 바라볼 거야. 네가 하는 일이 아무런 의미도 없다는 걸 그 애는 알고 있으니까.

예전에 한 군인이 있었지. 그는 아주 먼 별에서 작전 수행 중이었어. 그 별에는 세찬 비가 단 한 순간도 쉬지 않고 계속해서 내렸지. 지금 네 머리에 내리는 비처럼. 그 비는 사람이 미치지 않고는 못 배길 정도로 내렸어. 그는 어느 순간 모든 걸 끝장내기로 결심했지. 그리고 걸음을 멈추고는 하늘을 향해 입을 크게 벌렸어. 내리는 빗물을 마시고 익사하려고.

켄은 자기도 모르게 걸음을 멈췄다. 혼잣말도 멈췄다. 혼잣말을 멈추자 생각도 멈췄다. 켄은 자기가 걸음을 왜 멈췄는지 알지 못했다. 비는 계속 내리고 있었고 사방은 어두웠다. 아무것도 들리지 않고 아무것도 보이지 않았다. 느껴지는 것도 떠오르는 것도 없었다. 비바람이 온몸을 두드리는데도 그의 몸은 움직이지 않았다. 그는 걷는 방법을 갑자기 잊어버린 사람처럼, 또 자신이 어디에 있는지, 무얼 하고 있었는지 모르는 사람처럼 그 자리에 가만히 서 있었다. 마치 걸어야 할 이유가 없다는 걸 갑자기 깨달은 것 같았다. 개는 몇 걸음 뒤에 멈춰

선 채로 가만히 있었다.

그대로 영원과 같은 시간이 흘렀다. 그동안 천둥이 몇 번인가 연달아 쳤다. 하지만 그 소리도 켄을 움직이게 할 수 없었다.

뭔가가 보였다.

길옆의 들판에 뭔가 있었다. 그것은 번개가 치며 주위가 대낮처럼 밝아지는 순간 잠깐 나타났다가 곧 어둠 속으로 사라졌다. 켄은 다시 한번 번개가 치기를 기다렸다. 다음 번개에 켄은 그것들을 보았다. 사람들이었다. 폭풍우 치는 들판에 사람들이 있었다. 몇 명은 흰옷, 또 몇 명은 붉은 옷을 입고 있었다.

켄은 그들이 무엇을 하는지 알 수 있었다. 잠깐씩밖에 보이지 않았지만 그들이 하는 건 축구가 분명했다. 어둠과 빛이 교차하는 동안 그들이 공을 향해 달려나가고 상대를 향해 몸을 날리고 서로의 몸을 밀고 뛰어오르고 공을 차기 위해 발길질하는 것이 보였다. 그들 사이에 축구공이 있었다. 번개가 치는 순간 들판 이쪽에 있던 공이 몇 초 뒤 다음 번개가 칠 때는 다른 쪽에 가 있었다.

그건 축구일 리 없었다. 그리고 그들이 사람일 리도 없었다. 제대로 된 사람들이라면 이런 곳에서 이런 날씨에 축구를 하고 있을 리가 없었다. 또 이렇게 어둡고 번개가 치는데 공이 제대로 보일 리도 없었다. 어쩌면 헛것을 보는 건지도 몰랐다. 그러나 켄의 몸은 길을 내려가고 있었다. 가까이 갈수록 그들의 모습이 똑똑히 보였다. 그들의 얼굴은 비명이나 고함을 지를 때처럼 잔뜩 일그러져 있었고 유니폼은 찢기거나 얼룩져 있었다. 그들이 밧줄처럼 질긴 근육과 돌처럼 단단한 뼈를 서로에게 부딪칠 때마다 짐승의 울부짖음이 주위에 울려 퍼졌다.

폭풍우 치는 밤에 떠도는, 이들은 축구의 악령일까. 이들은 어디서 나타난 것일까. 이들이 하는 것이 내가 찾아 헤매던 축구일까. 축구란 원래 이렇듯 앞을 가로막는 건 무엇이든 찢고 부수고 무너뜨릴 기세로 포악하게 미쳐 날뛰는 것이었을까.

그러다 켄의 다리에 공이 굴러와 맞으면서 멈췄다. 악령들은 움직임을 멈추고 켄을 쳐다봤다. 켄이 가만히 있자 그들도 가만히 기다렸다. 그러나 그들은 말없이, 공을 차 달라고 재촉하고 있었다. 아마 여기서 공을 차 주면 켄은 그들과 함께 축구를 하게 될 것 같았다. 누군가와 축구를 하는 건 켄이 그토록 오래 바랐던 일이었다. 축구를 하기 위해 악령이 된들 어떻단 말인가. 그러나 켄의 다리는 움직이지 않았다.

그러는 동안 뭔가가 그의 옆에 다가왔다. 개였다. 개는 고개를 숙여서 공의 냄새를 맡는가 싶더니 곧 그것에 입을 가져갔다. 개가 고개를 들었을 때 공은 사라져 있었다. 어쩌면 켄이 잘못 본 것일 수도 있었다. 왜냐면 그 순간 비바람도, 천둥과 번개도 잠시 잦아든 것 같았기 때문이었다. 다음 번개가 치자 악령들은 사라지고 없었다.

켄이 다시 길에 오를 때쯤 비바람은 잠잠해졌다. 얼마 지나지 않아 비가 그치고 구름 사이에서 별이 하나둘씩 나타났다. 바람이 부드럽고 따뜻한 공기를 실어 왔다. 언덕을 하나 넘자 마을의 불빛이 나타났다.

그리고 세계의 끝의 불빛도 멀리서 다시 빛났다.

3부

뿌리는 친구들에게 돌아왔다

오늘은 한 남자 이야기를 들려드리려고 합니다.

그 남자의 이름은 근이었습니다. 이 나라 말로 뿌리라는 뜻입니다. 그가 젊었을 때 이 나라는 군인이 다스리고 있었습니다. 당신은 군인이 쿠데타를 일으켜 정권을 잡은 뒤 독재자가 돼 오랫동안 권력을 휘두른 나라들을 알고 있을 것입니다. 이 나라도 그런 나라 중 하나였습니다.

근은 독재자에 맞서 싸운 사람이었습니다. 그는 오랫동안 도망자로 살았지만 권력의 추적은 집요했습니다. 마침내 근을 사로잡은 그들은 그에게 친구들을 배신할 것과 그가 저지르지 않은 죄를 자백할 것을 강요했습니다. 그들이 근에게 어떤 짓을 했는지 당신은 상상도 하지 못할 것입니다. 허무는 우리의 영혼에서 빛을 가져갔지만 그들은 근의 몸과 마음은 물론 영혼까지 파괴했습니다.

그러나 근은 그들의 생각보다 더 강인한 사람이었습니다. 근은 법정에서 자신이 끔찍한 고문을 당했음을 밝혔습니다. 다시 감옥에 돌아가면 증언에 대한 앙갚음으로 더 처절하고 고통스러운 고문을 당할 걸 알면서도, 이번에는 정말로 죽게 될지도 모르면서도 그는 굴복하지 않기로, 정신과 육체는 망가질지언정 자신의 영혼은 지키기로 선택한 것입니다.

근은 아주 오랫동안 감옥에 있었습니다.

독재자라고 해서 그를 언제까지고 가둬둘 수는 없었으므로 어느 날 근은 감옥에서 나왔습니다. 그가 감옥에서 나오는 걸 많은 사람이 기다리고 있었습니다. 그의 친구들, 동지들, 그리고 그의 가족들이 말입니다. 그런데 그를 위해서, 그 친구들이 뭘 해줬느냐 하면, 그를 데려가서, 어디로 데려갔느냐 하면, 미리 빌려놓은 어느 학교의 운동장에 가서, 그에게 축구화를 신겨줬습니다. 왜 그랬느냐 하면, 근은, 사실은 정말로 축구를 좋아하는 사람이었는데, 친구들은 모두 그걸 알고 있었기 때문에, 그래서, 친구들은 그를 위해서, 한때 영혼이 파괴당했던, 그러나 자신의 의지만으로, 인간으로서 살아남기를 결심했던 그를 위해서, 스스로 인간이 되리라고 결심한 그와 함께하기 위해서, 친구들은 그가 나오기를 기다려서, 다 함께 그 운동장에 몰려가서, 그러니까 그들은 그 운동장에서 함께……

들판에서

켄은 들판에서 야영을 해야 했다. 불을 제법 크게 피워도 한기가 가시지 않고 관절이 시렸다. 비스킷을 먹고 차를 끓여 마시면서 한참 동안 불을 보다가 깜박 잠이 든 모양이었다. 눈을 떴을 땐 장작은 거의 꺼지고 잉걸불이 희미했다. 장작을 조금 더 넣고 몸을 펴고 누우려는데 옆에 누군가 있는 게 느껴졌다. 그의 모습이 제대로 보이지 않은 건 어두워서만은 아니었다.

모습이 보이지 않아도 그가 누구인지 켄은 어렴풋이 알 수 있었다. 상대는 움직이지도 말을 건네지도 않았다. 마치 자신이 거기 있다는 걸 켄이 아는지 시험하는 것 같았다. 켄은 잠자코 기다렸다. 한참 뒤에 상대가 말을 꺼냈다.

집을 떠난 지 오래됐지. 그가 말했다.

그 목소리는 가까운 데서 혹은 아주 먼 데서 들려오는 것 같았고 또 켄에게 하는 말이거나 혼잣말인 것도 같았다. 그 목소리는 귀에 익었는데 켄이 혼잣말을 할 때의 목소리와 비슷했다.

먼 길을 가야 했으니까. 켄이 대답했다.

길 위에서는 더 빨리 늙게 되지. 그가 말했다.

나는 아직 튼튼해. 켄이 말했다.

너를 잘 알았던 사람들이 지금 너를 본다면 같은 사람이라고는 생각하지 못할 거야. 그가 말했다.

나를 잘 알았던 사람들은 모두 죽었어. 켄이 말했다.

그런데 너는 혼자 살아남아 무얼 하고 있지. 그가 말했다.

내가 해야 할 일을 하고 있지. 켄이 말했다.

해야 할 일이라. 그는 잠시 말을 멈췄다가 다시 이었다. 세계의 끝에 가는 것. 그게 어디인지도 모르고 거기에 뭐가 있는지도 모르면서. 그의 말끝에 웃음이 조금 묻은 것 같았다.

나는 어느 날 꿈을 꿨어. 그리고 꿈의 의미를 찾기 위해 길을 떠났어. 세계의 끝에는 내가 찾는 그것이 있고 나는 세계의 끝으로 가는 길을 알고 있어. 눈을 감아도 세계의 끝에서 빛나는 불빛을 볼 수 있어. 켄이 말했다.

너는 고작 꿈의 의미를 찾겠다고 목적지도 없이 길을 나섰어. 그리고 다른 사람에게 보이지 않는 헛것을 좇아서 여기까지 왔지. 그리고 아무런 근거도 없이 세계의 끝에 가면 네가 찾는 것이 있다고 생각하고 있어. 그가 말했다.

근거는 없지만 확신은 있어. 켄이 말했다.

확신은 미친 사람도 갖고 있어. 그리고 미친 사람이야말로 확신에 차 있지. 그가 말했다.

켄은 그 말에는 대답하지 않았다.

네가 찾는 것은 불확실하고 네가 가는 곳은 가장 멀리 있고 네가 가는 길은 가장 느린 길이야. 그것으로도 모자라 너는 집집마다 찾아가 사람들을 만나 이야기를 나누고 같이 축구를 하지 않겠느냐고 물어보느라 시간을 허비했지. 그리고 그곳에 도착하기 전에는 돌아가지 않으려 해. 그가 말했다.

왜냐면 그것이 그곳으로 가는 가장 곧은 방법이니까. 켄이 말했다.

단순한 사람은 단순하게 믿고 단순하게 속지. 단순한 사실을 외면하고 단순한 거짓말을 만들면서. 너는 마음속으로는 사실은 그 모든 게 뒤바뀌었다는 걸 알고 있어. 그가 말했다. 너는 길을 나서기 위해 집을 떠난 게 아니라 집을 떠나기 위해 길을 나선 거야.

그렇지 않아. 켄이 말했다.

너는 세계의 끝이 어디 있는지 안다고 생각하지만 정말로 알고 있다면 곧장 그리로 가서 지금쯤 이미 도착했을 거야. 그런데 너는 아직 길 위에 있고 그건 네가 세계의 끝이 어디인지 모르거나 거기에 도착하고 싶지 않다는 뜻이야. 너는 자신이 모른다는 걸 인정하고 싶지 않아서, 그곳에 도착하고 싶지 않아서 계속 길을 가고 있어. 그건 집에 대해 생각하고 싶지 않아서고 집에 돌아가고 싶지 않아서야.

그렇지 않아. 켄이 말했다.

너는 너 자신을 줄곧 속이고 있었어. 너는 축구를 찾기 위해서가 아니라 삶을 버리기 위해 길을 떠난 것이었어. 그 여자가 끈을 들고 숲속으로 사라진 것처럼 너는 축구공을 들고 세계의 끝을 향해 걸어간 거야. 아무도 돌아오지 않은 그곳으로 가서 다시는 돌아오지 않으려고. 그가 말했다.

나는 그 여자처럼 허무에 굴복하지 않았어. 나는 이 삶의 의미를 찾기 위해 지금도 계속 길을 가고 있어. 켄이 말했다.

자신이 만들어낸 단순한 환상 속에서, 그 세계의 침묵과 고독 속에서 말이지. 그러나 그 세계에 살아 있는 것은 악령들뿐이야. 폭풍우 치던 그날 밤 나타났던 것 같은 그런 악령들. 그가 말했다.

그건 그저 잠시 나타났다 사라진 환상일 뿐이야. 그리고 그것들이 어디서 온 것이든 나는 그것들을 이겨냈어. 켄이 말했다.

그 악령들을 만들어낸 건 너야. 그가 말했다.

켄은 대답하지 않았다.

여기 자신이 만들어낸 환상 속에서 홀로 고요히 미쳐가는 사람이 있어. 그 사람은 길을 따라 똑바로 걷는 것이 자신의 유일한 사명이라고 믿고 있어. 떠올리지 않는 기억이 서서히 사라지듯, 사용하지 않는 기관이 서서히 퇴화하듯, 이제 정신과 육체에 허락된 것이 그리 많지 않은 것도 모르는 채 그는 그저 걸음을 계속하고 있어. 스스로를 속이고 있다는 것도 그는 이제 잊어버렸어. 걷는 것만을 생각하느라 다른 걸 모두 잊어버린 거야. 과거도. 미래도. 남은 건 그가 만들어낸 거짓된 세계뿐이야. 그가 말했다.

켄은 뭔가 말하려 했지만 대답할 말이 떠오르지 않았다.

그는 처음부터 집을 떠날 필요도, 길을 걸을 필요도, 세계의 끝에 도달할 필요도 없었어. 자신이 그래야 한다고 믿을 필요도 없었어. 그를 봐. 무거운 짐을 진 채 바닥에 주저앉은 노인을. 너는 그 짐이 아주 무겁다는 것과 그 짐을 내려놓는 일이 아주 간단하다는 것을 알고 있어. 잠시만 그 짐을 내려놓으면 평화와 안식을 누릴 수 있다는 것도. 기쁨도 슬픔도 욕망도 분노도 없이. 이제 그는 희미한 불씨 옆에 가만히 누워 있어. 그 불씨마저 꺼지면 주위는 완전히 어둡고 조용해질 거고 그가 잠들면 곧 따뜻하고 아늑한 평화가 찾아올 거야.

그의 말대로였다.

켄은 자신이 너무 오랫동안 혼자 고통받아왔다고 생각했다. 그럴 필요 없었는데. 이제 축구 같은 건 상관없었다. 세계의

끝 같은 건 아무래도 좋았다. 그는 어서 이 고통이 끝나기를
바랐다.

방법은 간단했다.

정말이지 방법은 간단했다.

켄은 눈을 감았다.

불씨가 꺼지자 주위는 완전히 어두워졌다.

에이미의 모습이 보였다. 에이미는 활짝 웃고 있었다. 그 옆
에는 데비도 있었다. 셋은 공원에 갔다. 에이미는 데비와 켄
사이를 오가며 웃고 떠들고 노래하고 뛰었다. 에이미는 햇빛
을 많이 받아서 볼이 빨갛게 익었고 아이스크림을 먹다가 바
닥에 떨어뜨렸다. 켄은 자기가 먹던 아이스크림을 에이미에게
줬다.

그들은 집에 돌아와 부드러운 빵과 따뜻한 스튜로 저녁을
먹었다. 에이미는 음식을 입에 넣고도 계속 재잘댔다. 켄은 에
이미의 입가를 닦아줬다. 그릇을 치운 뒤 켄은 식탁에 앉아 글
을 썼다. 에이미는 맞은편에 앉아 있다가 켄이 쓴 원고를 가져
가서 그 위에 낙서를 했다. 데비가 에이미를 나무라며 원고를
뺏어 원래 자리에 돌려놓았다.

잘 시간이 됐다. 켄은 에이미의 이불을 덮어주고 잘 자라고
이마에 입을 맞췄다. 데비가 없을 때 늘 그렇게 했던 것처럼.

에이미가 물었다. 아빠. 어디 가? 아빠는 아무 데도 안 가. 왜 그런 생각을 했어? 몰라. 나 이제 잘 거야.

켄은 에이미의 방을 나와 침실로 갔다. 데비의 몸은 축축하고 부드럽고 따뜻했다.

영원하고 완전한 밤이었다.

갈증만 아니었다면.

켄은 새벽에 목이 말라 냉장고 문을 열었다가 식탁 위에 놓인 원고를 봤다. 원고 뭉치는 두꺼웠다. 켄은 자신이 무엇을 쓰고 있었는지 궁금해졌다. 냉장고 불빛에 비춰 보니 원고는 모두 빈 종이였고 제일 윗장에 에이미가 쓴 낙서만 한 줄 적혀 있었다.

그건 세계의 끝에 있어.

눈을 떠보니 들판은 눈에 덮여 있었다. 켄의 몸에도, 켄의 옆에 몸을 붙이고 누워 있는 개의 몸에도 눈이 쌓여 있었다. 개에게서는 희미한 온기가 느껴졌다. 지난밤에 얼어죽지 않은 건 개의 체온 덕분일 거라고 켄은 생각했다. 얼어붙은 몸을 움직이려고 하자 뼈가 부러지고 근육이 찢어지는 것 같았다. 켄은 개의 더러운 털에 얼굴을 묻은 채로 몸이 조금 더 녹기를 기다렸다.

축구의 천국

축구의 천국에서 그들은 일주일에 나흘 일터에 나간다. 천국에서 일을 해야 한다니 이상하게 들릴지도 모르겠다. 그러나 그 일들은 화단을 가꾸거나 울타리를 손보거나 순한 동물들을 이리저리 몰고 다니는 것처럼, 아무리 많이 하더라도 몸과 마음이 지치는 법이 없다. 그러다 싫증이 나면 언제든 다른 일로 바꿀 수 있고 자신이 원하는 일을 직접 선택할 수도 있다. 이를테면 매 시간 바람의 방향이나 파도의 높이가 달라지는 걸 기록하거나 특이한 모양의 구름을 사진으로 찍어서 스크랩하거나 하루에 종이를 열 장씩, 예를 들어 글을 쓰거나 그림을 그리거나 종이비행기를 접는다거나 하는 데 쓰는 일을 해도 된다. 그래도 어쨌든 일은 일이라서 가끔은 지루하고 힘들게 느껴지면 그들은 근처에 있는 동료와 이야기를 나눈다. 이를테면 축구 이야기를. 지난번 시합에서 누가 어떤 플레이를 했는지, 다가올 시합에서는 어떤 포메이션으로 경기를 할 건지, 요즘 어떤 기술을 연습하고 있는지 등등.

그들이 천국에서도 일을 하는 이유는 그렇게 해야 축구를 더 재미있게 할 수 있기 때문이다. 그들은 축구를 정말로 좋아하기 때문에 축구를 재미있게 할 수 있는 일이라면 무엇이든지 한다. 그들이 일터에 나가는 건 집과 옷과 음식을 마련할 돈을 벌기 위해서가 아니라 지난 경기를 행복하게 음미하고 다가올 경기를 설레는 마음으로 기다리기 위해서다.

드디어 시합 당일이 되면 그들은 시간에 맞춰서 집을 나선다. 날씨는 비가 오거나 바람이 불거나 눈이 내려도 상관없다. 천국에서는 축구를 못 할 정도로 안 좋은 날씨란 없다. 보통은 경기를 시작할 때가 되면 딱 알맞을 정도로 날씨가 좋아지고 그렇지 않은 날도 날씨 때문에 경기를 망치는 일은 없다. 왜냐면 모든 날은 다 각각의 이유로 축구하기에 좋은 날이기 때문이다.

차례로 경기장에 도착한 그들은 옛 동료들을 만나 정답게 인사를 나눈 뒤 굳은 근육과 관절을 풀고 몇 번 패스를 주고받거나 멀리 공을 차본다. 때로는 경기에서 써먹기 위해 특별한 기술을 연습하거나 슈팅을 하기도 한다. 그럴 때 골키퍼를 맡은 선수는 자청해서 연습 상대가 돼준다.

경기가 시작되기 전에 심판은 양쪽 선수를 가운데로 불러

모아 인사를 시키고 페어플레이를 다짐하게 한다. 그러나 굳이 그럴 필요 없다는 것을 그들은 안다. 축구의 천국에서 그들은 이미 모두 친구이고 그래서 거친 플레이로 상대를 다치게 하거나 심판의 눈을 속이고 반칙을 저지를 생각 같은 건 조금도 하지 않기 때문이다. 이들이 원하는 것은 그저 아름답고 즐거운 경기를 하는 것이다. 이 모든 걸 심판도 알고 있지만 그래도 그는 시합 전에 자신이 할 일을 한다. 끝으로 그는 이미 완벽하게 차려입은 선수들의 복장과 장비를 다시 한번 점검한다.

휘슬이 울리고 경기가 시작된다.

선수들의 몸은 그 어느 때보다 가볍다. 그들은 안경 없이도 주위의 모든 걸 똑똑히 볼 수 있고 멀리서 날아오는 공을 자신이 원하는 대로 트래핑 할 수 있다. 그들은 그 어느 때보다 더 침착하게 주위를 살피고 더 정확하게 공을 찰 수 있다. 그들은 동료가 무슨 생각을 하는지, 언제 패스를 줄 것인지 알 수 있어서 미리 그곳에 가서 기다리거나 눈짓으로 신호를 보낼 수 있다. 공격하는 쪽만 그런 것이 아니다. 수비를 하는 선수들도 상대가 어디로 파고들지 미리 알고 있다. 가끔 예상 못 한 곳으로 날카로운 패스가 들어와서 도저히 막을 수 없을 때도 있지만 그럴 때는 같은 편 동료가 어느 틈에 달려와 뒤를 든든히 받쳐주고 있다.

이들이 놀라운 솜씨로 공을 다루거나 멀리 있는 동료에게 정확한 패스를 보내거나 누구도 예상하지 못한 플레이를 할 때마다, 혹은 그런 공격을 몸을 날려 막아낼 때마다 관중석에서는 탄성이 쏟아진다. 관중들은 선수의 가족이나 친구들이다. 그들은 경기를 흥분 속에 바라보고 있다가 어느 완벽한 순간에 골이 터지면 환호성을 지르며 박수를 친다. 골을 넣은 선수는 동료들과 기쁨을 나눈 뒤 자신의 이름을 부르는 가족과 친구들을 향해 손을 흔든다.

지고 있는 팀은 점수를 만회하려 하고 이기고 있는 팀은 골을 더 넣으려고 한다. 그들은 이제 막 경기가 시작된 것처럼, 이 경기가 우승을 결정짓는 경기인 것처럼 열심히 공을 향해 달려든다. 만약 당신이 이 경기를 본다면 왜 그들이 이렇게 기를 쓰고 뛰어다니는지 의아하게 여길 것이다. 천국의 축구라면 조금 더 느긋하고 부드러워야 하는 게 아닌가 하고 생각할지도 모른다. 하지만 경기를 지켜보는 동안 당신은 어느 순간 깨닫게 될 것이다. 두 팀으로 나뉘어서 축구를 하고 있는 이들은 사실 완벽한 경기를 만들기 위해 함께 뛰는 동료들이고, 그래서 이들은 골을 넣기 위해 혹은 그 골을 막기 위해 최선을 다해 노력한다는 것을. 이들은 다음 경기는 없는 것처럼, 지금까지 이 경기를 위해 축구를 해온 것처럼 하나하나의 플레이에 자신의 모든 것을 건다.

경기에 열중하다 보면 때로는 상대의 발을 밟기도 하고 태클이 너무 늦게 혹은 너무 빨리 들어가기도 하고 공중 볼을 따내려다 서로 부딪치며 바닥에 나동그라지기도 한다. 그러나 그런 건 모두 실수로 일어나는 일이다. 그리고 설령 쓰러지더라도 여기서는 부상으로 더 이상 경기를 못 뛰는 법이란 없다. 누군가 경기장에 쓰러지면 의료반이 곧장 달려온다. 그들은 눈 깜짝할 사이에 찢어진 살을 봉하고 부러진 뼈를 맞추고 늘어난 인대와 힘줄을 다시 원래대로 되돌려놓는다. 그러면 부상자는 그 자리에서 바로 일어나 다시 달릴 수 있다.

경기가 끝난 뒤에는 늘 작은 연회가 그들을 기다리고 있다. 그들은 경기장 밖에 마련된 식탁에서 함께 먹고 마시면서 방금 전 경기에서 있었던 일들에 대해 이야기를 나눈다. 이를테면 동료의 패스가 정말로 훌륭했다고, 연습한 걸 한 번도 못 써먹었다고, 왜 그 공이 골포스트를 맞아야 했냐고 말하면서 웃고 떠든다. 가족들과 친구들도 그 자리에 있다. 그들은 땀에 푹 젖은 이들이 어린애들 같다고 놀리면서도 사랑이 가득한 눈으로 바라본다.

연회가 끝나면 그들은 집으로 돌아와 씻고 잠자리에 든다. 눈을 감으면 그날의 경기가 방금 있었던 일인 것처럼 선명하게 떠오른다. 그날의 아름다운 플레이를 떠올리는 행복을 다 맛보기도 전에 잠이 쏟아진다. 다음 날 일어나면 또 다른 완벽한 경기가 그들을 기다리고 있다.

이들 중 어떤 사람들은 주말까지 기다릴 수도 없다. 그래서 일을 끝낸 저녁이면 운동장으로 달려가고 거기엔 이미 축구를 하러 나온 친구들이 기다리고 있다. 그들은 일주일 내내 저녁 마다 모여 축구를 하고 때로는 아침에도 모여 축구를 한다.

천국에 이미 수많은 친구들이 있는데도 이들은 늘 다른 친구들을 기다린다. 함께 놀 사람은 많을수록 좋은 법이니까. 이 곳의 당신은 비록 잊고 있어도 천국에 있는 친구들은 당신과 함께 축구를 했던 일을 기억하고 있다. 그들은 지금도 천국에서 당신을 기다리고 있다. 당신이 천국에 도착한 첫번째 날 당신의 집 문을 처음으로 두드리는 것이 바로 이들이다. 이들은 저마다 자기 팀의 유니폼을 들고 그걸 입어보라고 한다. 당신이 그중 하나를 고르면 그들은 당장 유니폼에 당신의 머리를 집어넣고 팔을 꿰게 하고 축구화를 신긴 다음 축구장으로 데려간다.

켄 스타우트입니다.

오늘은 이야기가 길어질 것 같습니다. 이게 우리의 마지막 통화가 될지도 모르기 때문입니다.

여기는 버려진 주유소입니다. 잠시 쉬면서 물통을 가득 채운 다음 멀리 보이는 푸른 산을 오르기 위해 출발할 겁니다. 해가 저물 때쯤이면 도착할 것 같습니다. 불빛은 저 위에서 빛나고 있고 세계의 끝은 거기에 있습니다.

책이 팔리지 않는데도 꾸준히 돈을 보내주셔서 감사합니다. 생존한 작가들이 굶어죽지 않도록 출판사가 돈을 조금씩 보내준다는 걸 나중에야 듣고 알았습니다. 오래전 여행을 떠날 무렵 전화를 받았던 편집자는 더 이상 돈은 필요 없다는 내게 축구 이야기를 들려달라고 했습니다. 그러면 그걸 원고로 정리해주겠다면서요. 나는 지금도 그 말이 단순한 인사치레였다고 생각하지만 그래도 약속을 지키기 위해 노력했습니다. 혹시 정말로 그 원고들을 정리해두지는 않았기를 바랍니다.

여기까지 오는 데 너무 많은 시간이 걸렸습니다. 처음 떠날 때 갖고 나온 것 중 아직도 몸에 걸치고 있는 건 하나도 없습니다. 축구공도 몇 번이나 바꿨습니다. 지난겨울에 공을 잃어버린 후에 더는 새로운 공을 찾지 못했습니다. 그러나 이제는 상관없습니다. 이곳이 어디인지는 모르겠지만 세계의 끝인 건 분명합니다. 지금 불빛은 저 산 위에서 그 어느 때보다 환하게 빛나고 있습니다. 저곳에 가면 이 여행의 끝에 무엇이 있는지 알게 될 겁니다. 왜 이 여행을 시작해야 했는지 그 해답 역시 비로소 알게 될 겁니다. 한때는 그곳에 무엇이 있는지 알기 두려웠던 적도 있었지만 지금 두려움은 더 이상 남아 있지 않습니다. 지금은 그저 그곳에 가야 하기 때문에 가려 할 뿐입니다. 이제 그것도 모두 끝입니다.

길 위에서 만난 사람 대부분이 내게 무관심했습니다. 그들은 내 이야기를 들으려 하지 않았고 내 말에 대답하려고 하지 않았습니다. 그들이 허무 때문에 그렇게 변한 건지 아니면 그렇게 차갑고 무딘 사람들이라 허무가 자신의 삶의 의미를 앗아갔는데도 그것도 모른 채 살아남을 수 있었던 건지 나는 모릅니다. 아니면 그들은 허무 속에서 살아가는 방법을 이미 알고 있었던 걸까요.

어쩌다 몇 마디 대화를 나눌 수 있는 사람도 축구 때문에 여행을 한다는 나를 이해하지 못하고 신기하게 여겼습니다. 정말로 축구에 대해 뭔가 이야기를 나눌 수 있었던 사람은 아주 드물었습니다. 나는 그들과 나눈 이야기들을 가능한 한 성실하게 당신과 전임자들에게 전하려 했습니다.

그러나 들려준 이야기보다는 그러지 못한 이야기가 더 많았습니다. 어떤 이야기는 너무 짧아서, 어떤 이야기는 앞뒤가 맞지 않아서, 어떤 이야기는 너무 시시해서, 어떤 이야기는 축구와는 별 상관없다고 생각해서 나는 그 이야기들을 묻어버렸습니다. 이제 그 이야기들은 거의 대부분 사라졌습니다. 지금은 말하지 않은 걸 후회하고 있습니다. 어떻게든 그 이야기를 누군가에게 하거나 어딘가에 남겨둬야 했다고 생각합니다. 이야기를 해준 사람도 들은 사람도 사라지고 나면 그 이야기 역시 영영 사라지고 말 것이기 때문입니다. 그래서 너무 늦은 것은 분명하지만 더 이상 기억이 희미해지기 전에, 세계의 끝에 도착하기 전에 내게 남은 이야기들을 해보겠습니다.

마을의 아이들을 찍은 사진이 기억납니다. 아이들은 축구를 하려고 모여 있었는데 제대로 유니폼을 갖춰 입은 아이가 하나도 없었습니다. 그중 한 아이는 카메라를 등진 채 서 있었습니다. 사진을 찍기 싫어서 그랬던 것이 아니라 자기 등을 보여 주려고 그랬던 것입니다. 아이의 등에는 볼펜으로, 아마 그의 우상임에 분명한 어떤 선수의 이름과 등 번호가 그려져 있었습니다.

해변가 마을에 사는 한 소년이 다른 마을로 이사를 가게 됐습니다. 그리 멀지 않은 곳이었지만 친구들은 자기들을 잊지 말라고 소년에게 자기들의 이름과 작별 인사를 적은 축구공을 선물했습니다. 얼마 뒤에 큰 해일이 몰려와 해변가에 있던 마을들을 덮쳤습니다. 그중에는 소년의 마을과 친구들이 있던 마을도 있었죠. 해일은 그곳에 있던 많은 것을 가져갔습니다. 소년의 친구들도 해일에 휩쓸려 갔고 소년도 가족과 집과 축구공을 잃었습니다.

몇 년 뒤 바다 건너편에서 어떤 사람이 해변을 산책하다 파도에 밀려온 쓰레기 더미에서 축구공을 하나 발견했습니다. 그는 공에 씌어진 글자들을 알아볼 수 있는 사람을 찾아가 읽어달라고 부탁했습니다. 결국 공은 다시 바다를 건너 소년에게 돌아갔습니다.

어떤 사람은 자신이 사막의 축구 선수였다고 했습니다. 그가 말하는 사막 축구는 끝이 보이지 않는 사막이 곧 경기장이었습니다. 그들은 낮에는 태양을, 밤에는 별을 보고 방향을 헤아리며 달려야 했습니다. 공이 너무 먼 곳에 있었기 때문에 지금 자기들이 공격인지, 수비인지도 알 수 없었습니다. 지평선너머에서 누군가 나타나면 그게 동료인지 상대인지 알기 위해한참을 지켜봐야 했고 만약 그가 동료가 아니라면 둘은 사막한가운데서 서로를 상대해야 했습니다. 멋진 재주로 상대를따돌려 봤자 아무 소용이 없었습니다. 그의 앞에는 다시 사막이 펼쳐져 있고 금방 따돌린 상대도 어느 틈엔가 뒤에 바짝 다가와 있었습니다. 상대를 따돌리는 유일한 방법은 오직 하나, 달리는 것뿐이었습니다.

축구를 증오한다고 말한 여자가 생각납니다. 그 여자는 허무가 찾아온 덕에 세계에서 축구가 사라져서 기쁘다고 말했습니다. 그 여자의 남편은 저녁마다 친구들과 만나 축구를 하느라 가정은 거의 돌보지 않았습니다. 여자는 남편의 옷장과 장식장과 신발장을 보여줬습니다. 거기에는 유니폼, 트로피, 축구화가 가득했습니다. 그녀는 남편도 나처럼 축구에 미친 사람이었다고 말했습니다. 나는 축구에 미친 게 아니라고 말해도 소용없었습니다. 여자는 내게 식사를 만들어줬고 며칠 묵으면서 기운을 회복할 수 있게 해줬습니다. 그리고 떠날 때는남편의 옷 중 가장 좋은 것 몇 벌을 주기까지 했습니다. 여자는 내 입술에 오랫동안 입을 맞췄습니다.

　길 위에서 만난 사람들 중에는 내가 집을 떠나지 않았다면 결코 만나지 못했을 특이한 사람들도 있었습니다.

　은빛으로 반짝거리는 옷을 입은 사람이 생각납니다. 그는 폐허가 된 운동장의 철망 밖에서 꼼짝도 하지 않고 서 있었습니다. 그는 창백한 피부에 머리카락도 눈썹도 없고 남자인지 여자인지도 분간이 가지 않았습니다. 그는 자신이 다른 별에서 왔다고 했습니다. 주위에 우주선 같은 게 보이지 않아서 무엇을 타고 왔느냐고 물으니 별을 여행하는 데 그런 건 필요없다고 했습니다. 그는 자기들이 오래전에 지구에 축구를 전해 줬는데 그걸 우리 인간들이 모두 망쳐버렸다고 말했습니다.

　그는 어느 별의 이야기를 했습니다. 아주 작은 그 별에는 화산이 세 개, 집이 하나, 장미나무가 한 그루 있었고 가끔 바오바브나무가 뿌리를 내렸습니다. 그 별에 사는 소년은 어느 날 축구가 하고 싶어서 바오바브나무를 베어 골대를 만들었습니다. 그런데 이 별은 노을이 보고 싶으면 의자를 조금만 앞으로 당기면 될 정도로 작은 별이었습니다. 작은 별에서는 지평선을 향해 공을 찬 다음 뒤로 돌면 방금 찬 공이 지평선 너머에서 굴러왔습니다. 장미는 소년이 축구를 하는 걸 반대했습니다. 그래서 소년은 장미를, 그의 별을 떠났습니다. 그리고 이제 돌아갈 때가 되었다고 말했습니다. 이야기를 마친 그는 길 건너편에 세워둔 하늘색으로 칠한 낡은 차를 타고 떠났습니다.

내가 만난 가장 기이한 존재는 뱀이었습니다. 엄지손가락 굵기의 작은 뱀이었습니다. 뱀은 몇 시간 동안 뒤를 따라오다가 잠시 쉬려고 바위에 걸터앉은 나에게 다가와 말을 걸었습니다. 뱀은 내게 알을 들고 어디에 가느냐고 물었습니다. 나는 이건 알이 아니라 축구공이고 지금 세계의 끝을 향해 가고 있다고 말해줬습니다. 뱀은 내 말을 믿으려 하지 않았습니다. 그는 세계의 끝에 알의 둥지가 있고 알을 부화시키기 위해 그곳에 가는 거라고 멋대로 짐작했습니다. 나는 오해를 풀어주기 위해 축구공은 축구를 하는 데 쓰는 것이고 축구란 사람들이 발로 공을 차서 상대편의 골대에 넣는 게임이라고 말해주고 실제로 공을 차는 모습을 조금 보여줬습니다. 뱀은 내가 하는 것이 이제까지 본 것 중 가장 웃기고 멍청한 짓이라고 했습니다. 태어나고 죽고 다시 태어나는 것이 모두 알에서 일어나는 일인데 그걸 발로 걷어차다니. 뱀은 그런 멍청한 짓을 하지 않으려고 일찍이 다리를 버린 자기 조상들의 지혜에 감탄하면서 떠났습니다.

아름답거나 재미있는 이야기, 기이한 이야기만이 있었던 건 아닙니다.

어떤 아프리카 출신 선수는 말도 통하지 않는 동유럽의 추운 나라에서 선수 생활을 했습니다. 에이전시에게 버림받은 그는 난방이 제대로 되지 않는 공항에 2주 동안 발이 묶여 있었습니다. 결국 대사관의 도움으로 가까스로 집에 돌아올 수 있었지만 발가락 몇 개를 잘라내야 했습니다. 추운 공항에서 제대로 씻지도 못하고 지내는 동안 얻은 동상 때문이었습니다.

중동의 어느 나라에서 테러리스트들을 색출하기 위해 마을을 순찰하던 군인 앞에 축구공이 굴러왔습니다. 그가 공을 주우려고 다가간 순간 공에 숨겨둔 폭탄이 터졌습니다. 연기가 가라앉은 뒤 그 군인이 서 있던 자리에는 아무것도 남아 있지 않았습니다.

어떤 팀이 오랜 라이벌과 경기를 벌이고 있었습니다. 후반전이 다 끝날 무렵까지 지고 있자 실망한 관중들은 경기가 끝나기도 전에 좁은 계단을 따라 경기장을 빠져나가기 시작했습니다. 그때 골이 터져 동점이 됐습니다. 경기장을 빠져나가던 관중들은 다시 돌아가려고 좁은 계단에서 몸을 돌렸습니다. 계단에서 뒤엉킨 행렬은 무너져 내렸고, 한데 얽힌 그들은 어른이 아이를, 아이가 노인을, 몸으로 몸을 짓눌렀습니다.

이건 꼭 축구 이야기는 아니지만, 허무가 찾아오기 전의 어느 나라에서는 핵무기 공격 문서를 담은 가방을 운반하는 보좌관이 대통령을 따라다녔습니다. 그들은 그 가방에 뉴클리어 풋볼이라는 이름을 붙였습니다.

이 말들을 덧붙여두고 싶습니다.

어떤 작가는 축구는 추운 날 질퍽한 땅에서 얼굴로 날아오는 흉측한 공을 피하느라 무릎이 까지면서 덩치 큰 상급생의 발에 짓밟히는 경기라고 말했습니다.

어떤 작가는 축구가 하나님이 여섯번째 날을 마련해둔 이유라고 말했습니다. 첫 5일은 노동을 위한 날들이고 마지막 하루는 하나님을 위한 날이며 토요일은 축구를 위한 날이라고요.

그리고 어떤 작가는 축구는 학교라고 말했습니다. 골키퍼였던 그는 공이 자신이 원하는 방향으로는 결코 날아오지 않는 걸 보며 인간에게 필요한 모든 도덕과 의무를 배웠다고 했습니다.

어떤 사람은 축구가 세계 공통의 언어라고 말했습니다. 어떤 사람은 그것이 마약이라고 했습니다. 어떤 사람은 축구에서 지옥을 보았다고 했고 어떤 사람은 천국을 보았다고 했습니다. 누군가는 축구를 혁명의 무기라고 했고 누군가는 반혁명의 도구라고 했습니다. 축구를 민중의 오페라라고 한 사람도 있었고 고통과 실망의 무언극이라고 한 사람도 있었습니다. 그들은 축구가 사랑이고 축제이고 종교이고 전쟁이라고 했습니다.

제가 들은 이야기 속에서 축구는 세계의 전부였던 것 같습니다. 축구는 파괴된 영혼을 부활케 했고, 서로 사랑하는 두 사람을 하나로 엮었고, 야수를 진정한 사람으로 만들었고, 누군가의 삶을 완성했습니다. 다른 한편으로 축구는 폭력의 윤회를 이루었고, 고통을 전파했고, 누군가의 삶을 파괴했고, 세계에 허무를 퍼뜨렸습니다.

정말 그것은 무엇이었던 걸까요. 왜 내 영혼은 다른 무엇도 아닌 그것을 원하는 걸까요. 나는 그것을 알기 위해 여기에 왔습니다.

이것으로 제 이야기는 끝입니다.

세계의 끝

켄이 산 위의 메마른 평지에 도착한 건 해 질 무렵이었다.
붉은 햇빛이 비스듬하게 떨어지면서 켄과 개의 그림자를 길게
드리웠다. 불빛은 먼 곳에서 빛나고 있었고 켄은 이제 그것을
똑똑히 볼 수 있었다.

불빛을 향해 걸어가는 동안 하늘은 장밋빛에서 보라색으
로, 코발트색으로, 바다색으로 바뀌며 점점 어두워졌다. 주위
가 어두워질수록 불빛은 더욱 똑똑히 보였다. 이제 켄은 눈을
감고도 불빛을 향해 걸을 수 있었다. 그만큼 빛은 강하게 그를
인도했다.

마침내 켄은 불빛이 있는 곳에 도달했다.

불빛은 장대에 매달아놓은 전등이었다. 전등은 바람에 천천
히 흔들렸고 장대에 부딪힐 때마다 작게 땅땅거리는 소리를
냈다.

주위에는 그것 말고 아무것도 없었다. 누가 여기에 이런 걸 세워놓았을까. 이 전등은 어떻게 전선도 없이 불이 들어오는 걸까. 장대 위에 태양광 집광기가 보였다. 켄은 기억을 더듬어 산악이나 사막의 평원을 비상용 활주로로 쓴다는 이야기를 떠올렸다. 그러고 보니 여기까지 오는 길이라면 활주로로 쓰여도 좋을 것 같았고 희미하게 기름 냄새가 나는 것도 같았다.

나는 이 불빛을 보고 먼 곳에서부터 찾아왔어. 이게 세계의 끝이라고 생각했으니까. 켄은 생각했다.

그런데 불빛은 그저 활주로를 표시하는 전등에 불과했고 세계의 끝이라고 믿었던 곳에는 아무것도 없어. 혹시 다른 불빛과 착각해서 잘못 찾아온 건 아닐까. 그렇지 않아. 이제 더 이상 그 불빛은 보이지 않는걸. 왜냐면 이 전등이 바로 그 불빛이니까. 그동안 불빛이 세계의 끝으로 나를 인도한다고 생각했어. 거기에는 내가 찾는 게 있을 거라 믿었지. 왜 축구 꿈을 꿨는지 여기에 오면 알 수 있을 거라 생각했어. 하지만 여기에는 아무것도 없어. 이 전등 말고는.

켄은 장대 주위를 천천히 돌았다.

여기가 정말 세계의 끝일까. 아마 그럴 거야. 왜냐면 이 다음에 어디로 가야 할지 모르겠으니까. 세계의 끝에 가면 내가 찾는 걸 발견하게 될 거라고? 어쩌면 그의 말이 맞았는지도 몰라. 이게 바로 내가 원했던 것인지도 몰라. 아무것도 없는 공허를.

켄은 걸음을 멈췄다.

그렇다면 여기까지 나를 이끈 건 허무였던 거로군. 내가 가진 모든 것을 쏟게 만들려고 긴 여정을 마련했던 거지. 나는 그런 줄도 모르고 뭔가 찾으리라 생각하고 여기까지 왔어.

켄은 내용물이 빠져나간 포대 자루처럼 바닥에 주저앉았다.

이제 모두 끝났어.

켄의 몸에는 힘이 남아 있지 않았다. 그의 마음에는 빛이 남아 있지 않았다. 그는 불빛 아래 누웠다. 그리고 움직이지 않았다. 몸도. 마음도.

주위가 어슴푸레했다. 켄은 눈을 뜨고 천천히 몸을 일으켰다. 장대도 전등도 보이지 않았다. 대신 전등이 달려 있던 곳보다 조금 더 높은 곳에 작은 불꽃이 떠 있었다. 거기서 나오는 빛이 켄의 주위를 비추고 있었다.

켄은 그 불꽃을 알아볼 수 있었다. 그를 여기까지 오게 한 바로 그 불빛이었기 때문이다. 불꽃은 금방이라도 꺼질 것처럼 흔들리면서 가는 불씨를 떨어뜨렸다. 불씨는 땅에 떨어지기도 전에 힘없이 꺼졌다. 아무 소리도 들리지 않았다. 켄은 주위를 둘러봤다. 이와 비슷한 광경을 언젠가 꿈에서 본 적 있는 것 같았다. 그러면 이것도 꿈이 아닐까.

주위를 둘러싼 어둠 속에서 천천히 다가오는 것이 있었다. 개였다. 개는 털 스치는 소리도 없이 켄의 옆을 지나쳐 그의 앞으로 나섰다. 그건 지금까지 한 번도 없던 일이었다. 개는 불꽃 아래에서 걸음을 멈추더니 천천히 몸을 일으켰다. 켄은 개의 등이 바로 서면서 점점 키가 커지는 것을 보았다. 더럽고 덥수룩한 털 속에서 긴 다리와 팔이 차례로 뻗어 나오고 마지막으로 움츠리고 있던 목을 들자 사람의 얼굴이 나왔다. 그는 이제 개가 아니라 팔다리가 긴 거인이었다. 그걸 보자 켄은 왜 개가 늘 얼굴을 가린 채 부자연스럽고 느리게 걸어야 했는지 이해할 수 있었다. 거인의 키는 켄의 두 배쯤 되는 것 같았다. 거인은 한때 개의 털로 보였던 더러운 옷을 걸치고 있었다. 그는 이야기 속의 거지 성자나 버림받은 신처럼 보였다.

거인은 불빛 아래 섰다. 그의 발아래에 작은 그림자가 졌다. 거인은 팔을 들어 올리고 천천히 몸을 움직이기 시작하더니 곧 느리게 혹은 빠르게, 작게 혹은 크게 몸을 흔들었다. 그러고는 팔을 벌렸다 오므렸다, 다리를 들었다가 내렸다 했다. 몸에 묻은 먼지를 털어내려는 것 같기도 했고 화가 나서 몸을 떠는 것 같기도 했다. 의미 없이 몸을 움직이는 것도 같았고 공 없이 축구를 하는 것도 같았다. 켄은 그 몸짓과 비슷한 것을 오래전에 본 기억이 있었다. 아주 오래전, 허무가 세상을 덮치기 전에. 그건 춤인 것 같았다.

그러는 동안 불씨가 하나둘 거인의 몸 위에 떨어지더니 거인의 더러운 옷에 불이 붙기 시작했다. 그래도 거인은 춤을 멈추지 않았다. 불은 어깨에서 팔로, 가슴으로, 등으로, 배로, 허벅지로, 무릎으로 옮겨붙었다. 거인의 몸은 곧 불길에 휩싸였다. 거인의 춤은 계속됐고 점점 더 빨라져서 불덩이 속에서 이제 어느 부분이 불이고 어느 부분이 거인의 몸인지 알아볼 수없었다. 불꽃과 한몸이 된 거인의 춤은 더 격렬해져서 이제 그는 불타는 거대한 공이 돼 있었다. 켄은 불꽃 속에서 어떤 장면들과 얼굴들을 보았다. 그건 켄이 들은 이야기 속에서 나온 것 같았다. 켄은 그것들을 하나도 빠뜨리지 않고 모두 보았다. 머릿속이 점차 환해지고 마침내 그것의 의미와 자신이 여기까지 온 이유를 모두 깨닫게 될 때까지.

눈을 떴을 때는 새벽이었다. 주위는 새벽하늘의 빛을 받아 푸르게 보였다.

켄은 장대 밑에서 깨어났다. 전등은 꺼진 채 바람에 흔들리고 있었다. 켄은 주위를 둘러봤다.

개는 보이지 않았다.

대신 축구공이 하나 놓여 있었다.

켄은 축구공을 안고 일어나서 해가 뜨는 방향을 향해 걷기시작했다. 그것은 여기까지 오기 위해 이제껏 그가 걸어온 것과는 정반대 방향이었다.

그는 세계를 한 바퀴 돌아 집에 돌아왔다

켄은 다시 세상을 반 바퀴 더 돌아 집에 돌아왔다. 나갈 때는 앞문으로 나갔지만 돌아올 때는 뒷마당을 통해 뒷문으로 들어왔다.

집에 들어오자 음식 냄새가 났다. 주방에 젊은 여자가 있었다. 여자는 켄에게 누구냐고 물었다. 켄은 예전에 이 집에 살던 사람이라고 대답했다. 어디선가 남자아이가 나타나서 여자 옆에 섰다. 여자의 아들인 모양이었다. 여자는 켄에게 앉으라고 권하고 마실 것과 먹을 것을 내줬다. 켄은 가방을 내려놓고 손과 얼굴을 씻은 뒤에 빵과 수프를 조금 먹고 물을 마셨다. 켄이 먹고 마시는 동안 둘은 그 모습을 지켜봤다.

켄이 다 먹기를 기다린 후 여자는 아이를 데리고 켄의 앞에 앉았다. 여자가 이름을 물어서 켄은 켄이라고 대답했고 잠시 뒤에 케네스라고 고쳐 말했다. 그건 오랫동안 사용하지 않은 그의 진짜 이름이었다. 여자는 켄이 집을 떠날 때 놔두고 간 사진을 가져왔다. 사진 속의 켄은 수염도 없었고 지금보다 훨씬 젊었지만 같은 사람이라는 걸 못 알아볼 정도는 아니었다.

여자는 자기 이름이 세실이고 아들 이름은 팀이라고 했다. 세실과 팀이 여기 들어와서 산 지는 8년쯤 됐다고 했다. 이제 아무도 살지 않는 집 같아서 물건들은 치웠지만 그래도 나중에 누군가 돌아올지 몰라 방 하나에 잘 모아뒀다고 했다. 예전에는 떠나는 사람들이 많았고, 정부는 힘 닿는 대로 그 집들을 사들였지만 그래도 여전히 주인 없는 집이 많았다. 누구든 그런 집에 들어가서 살 수 있었다. 켄도 여행 도중에 그런 집에 찾아들어 가서 며칠씩 머물고는 했었다.

켄의 짐은 모두 서재에 옮겨져 있었다. 짐이라고 해 봐야 옷과 신발 정도였다. 컴퓨터와 모니터에는 먼지가 쌓여 있었다. 에이미의 방은 켄이 떠나던 날 그대로였다. 켄은 방을 둘러본 뒤 에이미의 사진이 담긴 작은 액자 하나만 꺼내고 다른 건 아무것도 건드리지 않고 나왔다.

세실은 새로운 집을 알아볼 수 있게 일주일만 시간을 달라고 했다. 켄은 자기는 지금 바로 떠날 거고 이제 이 집은 그녀와 아들의 것이나 마찬가지이니 여기에 머물고 싶은 만큼 머물러도 된다고 말했다. 켄이 가방과 공을 챙겨서 떠나려고 하자 세실은 켄을 붙잡고 이제 곧 저녁이니 오늘은 오랜만에 돌아온 집에서 쉬는 게 좋겠다고 말했다. 켄이 괜찮다고 뿌리쳐도 세실은 그녀와 아들을 위해서 그렇게 해달라고 말했다.

그날 저녁 켄은 세실과 팀과 함께 저녁을 먹었다. 팀은 켄에게 몇 살이냐고 물었다. 켄은 너희 엄마의 아빠 정도 된다고 대답했다. 들고 다니는 하얀 공은 뭐냐고 물어서 축구공이라고 대답했다. 팀은 축구가 뭔지 모르는 것 같았다. 그걸 들고어디에 갔다 왔느냐고 물어서 세계의 끝에 갔다 왔다고 대답했다. 그리고 세계의 끝이 어디인지는 자기도 모르고 거기에가는 방법은 걸어서 가는 것밖에 없는데 불빛을 따라가다 보면 거기에 도착할 수 있고 그 불빛은 눈을 감아도 보인다고도말해줬다. 팀은 켄의 이야기를 재미있어 했다.

켄은 그날 밤 매트리스를 깔고 서재에서 잠들었다.

다음 날 켄은 꽤 늦은 시간에 일어났다. 길을 떠난 이후로그는 몸이 아플 때도, 피곤할 때도 이렇게 늦게 일어난 적이없었다. 식탁에 세실이 남겨놓은 메모가 있었다. 팀을 데리고학교에 가는데 커피는 포트에, 아침은 냉장고에 있고 팀과 자신은 오후에 돌아오는데 특별한 저녁을 준비할 테니 혹시 볼일을 보러 나가더라도 6시까지는 꼭 돌아오라는 내용이었다.그리고 추신으로 혹시 몰라 차를 두고 간다고도 적어놓았다.쪽지 위에 올려둔 자동차 열쇠는 켄이 집을 떠나기 전 쓰던 것이었다.

켄은 세실이 준비해놓은 아침을 먹고 커피를 마신 뒤 얼굴을 씻었다. 거울을 보다가 그는 문득 자신이 집에 돌아왔다는 걸 깨달았다. 그리고 자신이 더 이상 예전의 자신이 아니며 남은 시간이 많지 않다는 것도.

낡은 차는 조금 힘겹게 시동이 걸렸다. 켄은 산 중턱까지 천천히 차를 몰았다. 이제 그곳은 공동묘지가 돼 있었다. 에이미의 묘비를 찾는 데는 시간이 한참 걸렸다. 켄이 떠난 뒤에도 무덤이 많이 생긴 탓이었다. 켄은 에이미의 묘비를 찾아서 그 옆에 누웠다. 구덩을 팠던 그날의 일이 떠올랐다. 허무가 찾아왔던 날의 일도. 그전의 다른 기억들도 조금씩 떠올랐다. 에이미의 얼굴이 생각나지 않을 때는 사진을 꺼내서 봤다.

돌아오는 길에 켄은 넓고 평평한 공터를 보았다. 그 땅은 풀과 키 작은 나무가 드문드문 자라 있었다. 아마 묘지를 만들려고 준비해뒀는데 더 이상 필요하지 않아 그대로 둔 모양이었다. 켄은 공터를 이쪽 끝에서 저쪽 끝까지 몇 번 왕복해서 걸으며 흙이 얼마나 부드러운지, 파이거나 솟은 곳은 없는지 살폈다.

켄이 집에 도착한 건 밤 9시가 다 돼서였다. 켄은 세실에게 길을 헷갈려서 늦었다고 사과했다. 식탁에는 식은 요리가 손대지 않은 채 그대로 남아 있었다. 그래서 켄은 둘에게 다시 한번 사과했다.

저녁을 먹은 뒤 팀은 자러 가고 켄과 세실은 식탁에 마주 앉았다. 세실은 이 마을의 삶에 대해 말해줬다. 허무가 무너뜨린 것, 남은 것, 그리고 한 번 무너졌지만 다시 일으켜진 것들에 대해서.

켄은 세실에게 아직 할 일이 남아 있어서 그걸 끝낼 때까지만이라도 여기서 지낼 수 있게 해달라고 말했다. 세실은 이 집이 켄의 집이기 때문에 그런 부탁은 오히려 자기가 해야 한다고 말했다. 켄이 생활비를 내겠다는데도 세실은 한사코 받지 않았다. 세실은 고집이 세 보였고 그래서 켄은 에이미를 떠올렸다.

다음 날 켄은 공터에 올라갔다. 그는 적당한 곳을 정해 노끈을 감은 못을 박아 표시를 한 다음 줄자로 길이를 재 공터 저편에 똑같이 못을 박았다. 그리고 각도와 길이를 재 공터 반대쪽에 두 군데 더 못을 박았다. 네 곳 사이의 길이를 재면서 못의 위치를 조정하는 데 꽤 시간이 걸렸다. 켄의 걸음은 이제 그의 생각만큼 빠르지 않았다.

그다음은 풀과 나무와 돌멩이 차례였다. 풀을 깎으면서 보니 생각보다 돌멩이가 많았고 곳곳에 제법 큰 돌덩이도 있었다. 켄은 준비해 간 삽과 곡괭이로 그것들을 파내 손수레로 날라 공터 한쪽에 내다 버렸다. 나무를 뽑는 것도 고된 일이었다. 하루 동안 계속 했지만 그가 풀을 베고 돌을 골라낸 면적은 조금밖에 되지 않았다. 풀은 자라는 속도가 빨랐고 돌은 생각보다 많았다. 그래도 그 일은 언젠가 끝날 것이었다. 계속 걷다 보면 어느 날 세계의 끝에 도달하듯. 다만 시간이 부족하지 않을까 걱정이었다. 퀜은 비가 오거나 바람이 부는 날도 공터에 올라갔다. 그러는 동안 그의 몸은 점점 야위고 약해졌다. 다행히 그 일은 너무 늦지 않게 끝났다.

퀜은 목재소와 잡화점에 가서 물건을 주문했다. 목재소 사람들은 며칠 뒤에 자신들이 만든 걸 가져와서 퀜을 도와 그걸 땅에 박았다. 그들이 보기에 퀜은 너무나 늙고 쇠약해 혼자서는 그 일을 못 할 것 같아서였다. 목재소 사람들이 떠난 뒤 퀜은 그들이 설치해놓은 것에 그물을 달았다. 그물의 뒷부분은 못으로 땅에 박았다.

퀜이 공터에 선을 긋기로 마음먹은 날은 마침 세실이 쉬는 날이었다. 세실은 퀜을 따라가겠다고 고집을 부렸다. 퀜이 나가서 온종일 뭘 하다가 오는지 꼭 알아야겠다는 것이었다. 퀜은 세실의 고집을 꺾을 수도, 일을 미룰 수도 없어서 결국 동행을 허락했다. 세실은 공터에 가서 퀜이 해놓은 일을 보았다. 퀜이 뭘 하려는지는 몰랐지만 세실은 그를 돕고 싶었다. 그래서 퀜과 함께 차를 타고 시내의 페인트 가게에 가서 땅에 페인트칠을 할 때 쓰는 수레를 빌려서는 다시 운동장으로 돌아왔다. 켄과 세실은 운동장에 선을 그은 뒤 남은 페인트로 골대를 칠했다. 페인트칠을 하며 세실은 이게 다 뭐냐고 물었다. 켄은 축구장이라고 대답했다.

일이 모두 끝난 뒤 켄은 공을 꺼냈다. 이걸 어떻게 하는 거냐고 세실이 물어서 켄은 발로 차라고 말했다. 세실이 공을 힘껏 찼다. 공은 풀 위를 기분 좋게 굴러가다 멈췄다. 켄은 공을 세실에게 차 줬다. 세실은 다시 한번 공을 찼다. 켄은 세실에게 공을 차거나 멈출 때 발목 안쪽을 쓰는 법을 가르쳐줬다. 그건 축구를 할 때 제일 먼저 배우는 것이었다. 둘은 몇 번 더 서로에게 공을 찬 다음 공을 운동장 한가운데 놔두고 집으로 돌아왔다. 누구든 다음에 거기에 오는 사람이 그 공을 찰 수 있도록.

그날 밤 잠자리에 누운 켄은 에이미를 떠올렸다. 사진 속의 얼굴이 제일 먼저 떠올랐다. 그러다 곧 다른 얼굴들, 웃는 얼굴, 찡그린 얼굴, 토라진 얼굴, 깜짝 놀란 얼굴, 멍한 얼굴, 졸린 얼굴 등이 떠올랐다. 허무가 찾아온 날 봤던 그 표정도 잠깐 떠올랐다. 곧이어 에이미의 목소리가 들려왔다. 이 가사가 내 마음을 말해주는 것 같아. 지금 내 기분이 딱 그래. 아빠는 어떻게 생각해? 그리고 에이미는 그 부분을 노래로 불렀다.

그들은 모르는 것일까, 이것이 세계의 끝이라는 것을. 그건 오래된 노래를 리메이크한 것이었다. 그날 에이미는 과제가 너무 많아서 마치 세계가 끝나는 것 같다고 말했었다. 어쩌면 에이미가 그렇게 말해서 세계의 끝에 다녀온 건지도 몰랐다.

켄은 여행 중에 만났던 사람들과 그들이 해준 이야기들을 떠올렸다. 그들의 이야기가 없었다면 세계의 끝까지 갈 수 없었을지도 모른다.

그리고 세계의 끝에서 보았던 불타는 축구공을, 거대한 공 안에서 자신의 몸을 불태우며 춤추던 누더기 거인을 생각했다. 켄은 자신이 그를 세계의 끝에서 타오르는 불꽃을 향해 인도하는 길잡이가 아니었을까 생각했다. 그에게 주어진 일이 무엇이었든 그는 자신이 그 일을 해낸 것 같았다.

그러다 문득 오래전 천사와 악마와 했던 내기와 그들이 준다고 했던 선물이 생각났다. 그러고 보니 이상하기는 했다. 눈 덮인 들판에서 잠들었는데 얼어 죽지 않았던 것도, 만나는 모든 사람과 말이 통했던 것도. 그것이 그들이 준 선물 때문이었다면, 정말로 그들이 선물을 준 것이라면, 소원을 들어주겠다는 약속도 정말일까. 하지만 더 이상은 바랄 게 없을 것 같은데. 그래도 뭔가 더 필요한 것이, 더 바랄 것이 있을까.

있었다.

그래서 그는 소원을 빌었다. 그날 밤 사람들의 잠 속으로 하나의 꿈이 찾아오기를. 한때 그들의 것이었지만 어느 순간 포기하거나 잊어버린 기쁨에 관한 꿈이.

다음 날 세실은 아침을 준비하고 커피를 끓여놓고 메모를 남겨놓고 집을 나서다가 다시 집으로 돌아왔다. 그녀는 노크를 하고 서재로 들어가서 켄이 자고 있는 자리로 가보았다. 켄은 깊은 잠에 빠져 있었다. 영원히 깨지 않는 잠이었다.

세실은 켄이 남겨둔 편지를 읽고 그가 자신의 장례를 위해 돈을 찾아놓은 것을 알았다.

장례 기간 동안 어떻게 알았는지 사람들이 전화를 걸어 오거나 직접 집으로 찾아왔다. 아주 먼 곳에서 찾아오는 사람들도 있었다. 어떤 사람은 세실이 한 번도 들어본 적 없는 언어로 말했다.

장례식 날 아침에는 세실과 비슷한 나이의 남자가 찾아왔다. 그는 자신을 켄의 담당 편집자라고 소개하고 그의 원고를 정리해서 왔다고 했다. 켄이 죽었다고 세실이 말하자 그는 조금 놀란 것 같았지만 곧이어 그 사실을 담담하게 받아들였다.

켄은 에이미 옆에 묻혔다. 제일 먼저 편집자가 켄 스타우트가 어떤 사람이고 그가 어떤 여행을 했는지를 말한 다음 흙을 뿌렸다. 세실은 그가 집에 돌아온 뒤 한 일에 대해서 말하고 흙을 뿌렸다. 나머지 사람들도 돌아가며 각자 짧은 조사를 바쳤다.

장례식이 끝나고 내려오는 길에 세실은 켄이 만든 축구장 옆에 차를 세웠다. 다른 사람들도 차에서 내렸다. 그들은 축구장을 보며 다시 한번 켄을 생각했다.

축구장 한가운데에는 공이 아직 놓여 있었다. 풀밭 위에 놓인 공은 마치 그들을 부르는 것 같았다.

엄마. 나 저 공 차봐도 돼요? 팀이 물었다.

물론이지. 세실이 대답했다.

팀은 세실의 손을 놓고 공을 향해 달려가서 힘껏 찼다. 공은 조금 굴러가서 멈췄다. 팀은 공을 쫓아가서 다시 한번 찼다. 한 번 더. 그리고 한 번 더.

에필로그: 완벽한 저녁

저녁이었다. 경기장 주위에 불이 켜졌다. 환하지는 않았지만 그 정도면 경기를 하기에는 충분했다.

모세스는 축구화를 신은 뒤 경기장으로 내려섰다. 뛰려고 하자 무릎이 쑤시고 발목도 시큰거렸다. 새 축구화는 아직 가죽이 뻣뻣해서 발등이 조였다. 30년 가까이 신발장에 처박혀 있던 축구화는 너무 낡아서 신을 수 없었다. 모세스는 나중에 막내아들 헥토르에게 물려주겠다는 약속을 하고 새 축구화를 사도 좋다는 허락을 받았다. 헥토르를 앞세우고 신발 가게에 들어섰을 때 모세스는 어떻게 세상에 그렇게 많은 축구화가 있을 수 있는지 이해할 수 없었다. 모세스는 검은 바탕에 흰 줄무늬가 있는 걸 골랐고 헥토르는 보라색과 녹색 바탕에 노란색 거미줄 무늬가 있는 걸 골랐다. 둘이 합의한 것은 흰 바탕에 금색 줄무늬가 있는 것이었다. 모세스는 오늘 처음으로

그 신발을 신었다. 언젠가 아들에게 물려줄 축구화를. 모세스
는 천천히 무릎과 발목을 풀었다.

　스탠드에 가족들이 앉아 있었다. 모여 있는 이들 한가운데
마리나가 있었다. 마리나는 지난달에 돌아왔다. 저녁 준비를
하고 있는데 문 두드리는 소리가 들렸다. 모세스가 어슬렁거
리며 나가보니 마리나가 서 있었다. 배가 잔뜩 부른 채. 자신
과 싸우고 집을 나간 큰딸이, 그날 이후 죽은 줄 알았던 큰딸
이 돌아온 걸 보고 모세스가 아무 말 못 하고 서 있자 아내 모
나가 달려오더니 모세스를 밀치고 마리나를 끌어안았다. 모녀
는 서로의 눈물을 닦아주며 울었다. 다른 형제들이 달려 나와
차례로 모나를 끌어안았다. 모세스의 차례는 제일 마지막이었
다. 모세스는 우는 모습을 보이고 싶지 않았지만 뜻대로 되지
않았다.

　마리나의 배 속에 있는 아이의 아버지는 에디였고 에디는
지금 먼 곳에 있다. 모세스는 에디가 갓난아기였을 때부터 알
았다. 에디가 돌아오면 둘은, 아니 셋은 다락을 수리한 방에
살게 될 것이다. 지금은 먼지도 많고 냄새도 좀 나지만 그때
가 되면 방은 몰라보게 달라질 것이다. 우선 계단에 난간을 만
들고 창문을 수리할 생각이다. 아무도 다치면 안 되니까. 지
금 마리나는 웃으며 그를 향해 손을 흔들고 있다. 모세스는 자
기의 큰딸이 여전히, 아니 그 어느 때보다 더 아름답다고 생각

했다.

모세스는 경기장 안에 들어와 있는 사람들을, 자기 편과 상대편 선수들과 심판을 한 명씩 봤다. 젊은 사람도 나이 든 사람도 있었고, 안경을 쓴 샌님도, 팔에 문신을 한 꼬마도 있었다. 아는 얼굴도 있었지만 거의 대부분은 처음 보는 사람들이었다. 그들이 어디서 왔든 상관없었다. 그들은 모두 공을 차고 달리며 자신의 솜씨를 뽐내기 위해 이곳에 왔다. 모두 앞으로 두 시간 동안 이곳에서 즐길 준비가 돼 있는 것이다.

스탠드에는 가족들, 친구들, 할 일 없는 젊은이들, 아이들, 노인들이 드문드문 앉아 있었다.

해가 진 쪽의 하늘에 아직 붉은 기운이 남아 있었다. 부드러운 바람이 꽃냄새와 함께 기름 냄새를 실어왔다. 근처의 어느 집에서 저녁 준비를 하는 모양이었다.

곧 경기가 시작될 것이었다. 주장이 와서 그에게 포지션을 알려줬다. 모세스는 너무 오랜만이라 축구 하는 법을 잊지는 않았을지, 혹시 넘어져서 망신이나 당하지는 않을지 걱정됐다. 그래도 그는 행복했다. 자신이 오래전 축구를 했던 건 바로 오늘 이 자리에 있기 위해서였다는 생각이 들었다.

모세스는 자신이 곧 할아버지가 될 것을 알고 있었다. 아기가 태어나면 축구공을 사 줘야지. 조금 더 크면 축구화를 사주고 축구 기술을 가르쳐줘야지. 모나는 내게 뭐라고 하겠지만 남자애들은 축구를 하면서 크는 거야. 그런데 딸이면 어쩌지. 무슨 상관이람. 그러고 보니 마리나가 어렸을 때도 같이 축구를 했었지. 예정일은 다음 주지만 모나는 배 모양을 보니 아기가 조금 빨리 나올지도 모른다고 했다. 내일 밤, 어쩌면 당장 오늘 저녁이 될지도 몰랐다. 언제가 됐든 단 두 시간만 기다려주렴, 아가야. 할아버지는 지금 축구를 해야 하니까.

경기 시작을 알리는 휘슬이 울렸다. 모세스는 공을 향해 움직이기 시작했다.

축구 소설을 쓰겠다고 마음먹은 것은 2014년 겨울이었다. 탈고하는 데는 두 달 반 정도 걸렸고 완성된 초고는 2천 5백 매가 조금 넘었다. 이후 원고는 여러 번 수정과 개작을 거쳤다.

2020년 여름에 이제까지 쓴 걸 덮어두고 새로 쓰기 시작했다. 그랬더니 원래의 이야기에서 조용한 부분만 남아서 지금의 이야기가 됐다. (원래의 이야기에서 시끄러운 부분도 곧 세상에 나오게 될 것이다.)

스포츠를 소재로 한 소설이 쉽게 떠오르지 않는 걸 보면 스포츠는 문학의 소재로 그리 적당하지 않은 것 같다. 축구 소설을 쓴다는 말에 주위의 반응이 미적지근했던 것도 그 때문이었을 것이다. 출간이 쉽지 않을 거라는 걸 알면서도 이 이야기를 포기하기 어려웠던 건 내게도 켄처럼 축구 꿈을 꾸는 날들이 있었기 때문이다. 그 꿈들이 나를 축구를 하도록, 축구 이야기를 쓰도록 이끌었다.

아마 당신에게도 당신을 좀처럼 떠나지 않는 꿈이 있을 것이다. 당신을 살아 있게 하는 꿈이. 그 꿈이 당신을 웃고 노래하고 춤추고 뛰어오르도록 한다면야. 혹은 그저 지칠 때까지 공을 쫓으며 달리도록 만들 뿐이라면야.

출간을 수락해준 문학과지성사에, 경기장에서 동료와 상대로 만났던 모든 이들에게, 응원해준 친구들에게, 먼지와 땀냄새를 참아준 가족에게 감사한다.